꽃이 피면
그대가 그립다

꽃이 피면
그대가 그립다

초판 1쇄 인쇄 2016년 5월 10일
초판 1쇄 발행 2016년 5월 16일

지은이 윤동주 · 이상 · 김유정 외
발행인 임채성
디자인 산타클로스

펴낸곳 도서출판 판테온하우스
주 소 서울시 양천구 목동 923-14 드림타워 제10층 1010호
전 화 070-4121-6304 **팩 스** 02)332-6306
메 일 pacemaker386@gmail.com
카 페 http://cafe.naver.com/lewuinhewit

출판등록 2010년 4월 22일(신고번호 제313-2010-119호)

종이책 ISBN 978-89-94943-28-2 03810
전자책 ISBN 978-89-94943-29-9 05810

이 도서의 국립중앙도서관 출판시도서목록(CIP)은 서지정보유통지원시스템 홈페이지(http://seoji.nl.go.kr)와 국가자료공동목록시스템(http://www.nl.go.kr/kolisnet)에서 이용하실 수 있습니다. (CIP제어번호: CIP2016009819)

꽃이 피면
그대가 그립다

아름답고 소중한 추억을 일깨우는
설렘과 기쁨, 행복, 그리고 그리움…
꽃내음 가득한 서른두 편의 봄 이야기

글 윤동주 · 이상 · 김유정 외

판테온하우스

프롤로그

꽃내음 가득한 아름다운 봄 이야기

"봄이 와서 꽃이 피는 게 아니라 꽃이 피어나 봄을 이루는 것입니다. 우리는 이 봄날에 어떤 꽃을 피울 것인지 각자 한 번 살펴보십시오. 내가 어떤 꽃과 잎을 펼칠 수 있는지 살필 수 있어야 합니다. 꽃으로 피어날 씨앗을 일찍이 뿌린 적이 있었는가." 또 "눈부신 봄날 새로 피어난 꽃과 잎을 보면서 무슨 생각들을 하십니까?"

무소유를 강조하며 2010년 3월 열반에 든 법정스님의 말씀이다.

그렇다면 과연, 우리에게 있어 봄은 어떤 의미를 갖고 있을까.

"봄은 단술과도 같아서 사람을 취하게 한다."

《탈출기》의 작가 최서해의 말이다. 또 시 《나도야 간다》를 쓴 용아 박용철은 봄에 대해서 다음과 같이 말한 바 있다.

"봄을 어찌 참아 기다리랴. 낭만주의보다도 더 낡은 한 벌의 외투를 두르고 아득히 먼 긴 둑 풀 속에 꽃도 드문드문한 언덕길을 길이길이 걷고 싶다."

두 사람에게 있어 봄은 생명과 희망, 설렘, 그리움과도 같았다. 이는 우리라고 별반 다르지 않다. 봄은 아름답고 소중한 추억을 일깨우는 동시에 새로움에 대한 설렘과 희망을 품게 한다.

윤동주·이상·김유정·현진건·김영랑·이효석……. 하나같이 맑고 아름다운 언어로 우리 문학을 빛낸 기라성 같은 작가들이다. 이들에게 있어서도 봄은 문학을 넘어 하나의 생명이자 희망, 설렘과도 같았다. 이에 맑고 눈부신 언어를 통해 수많은 아름다운 봄을 그렸다.

여기, 봄이 있다.

겨우내 외롭고 찬 기운을 온전히 견뎌내고 다시 곱고 예쁘게 피어난 수많은 꽃과 이름 모를 푸른 풀과 나무들. 그리고 사랑을 속삭이며 웃음 짓는 사람들의 활짝 피어난 얼굴들. 설렘과 기쁨, 행복, 그리고 그리움 가득한 봄! 다시없을지도 모를 그 봄을 위해 우리 문학을 빛낸 기라성 같은 작가들이 전하는 꽃내음 가득한 아름다운 봄 이야기를 담았다.

봄과 사랑을 그리워하는 모든 이에게 좋은 선물이자 뜻 깊은 추억이 될 것이다.

"봄은 우리를 맞으라, 우리는 그대를 맞으리라."

_2016년 봄

차 례

프롤로그

여기, 봄이 있습니다.

겨우내 외롭고 찬 기운을 온전히 견뎌내고

다시 곱고 예쁘게 피어난

수많은 꽃과 이름 모를 푸른 풀과 나무들.

그리고 사랑을 속삭이며 웃음 짓는 사람들의 활짝 피어난 얼굴.

설렘과 기쁨, 행복, 그리고 그리움 가득한 봄!

다시없을지도 모를 그 봄을 위해

꽃내음 가득한 봄 이야기를 담았습니다.

• 일러두기

_본문의 내용과 띄어쓰기는 가능한 한 원문을 그대로 담았으며,
내용 이해가 어려운 경우에 한해 현대어 표기법을 따랐음을 알려드립니다.

봄이 혈관 속에 시내처럼 흘러

돌, 돌, 시내 가차운 언덕에

개나리, 진달래, 노—란 배추꽃

삼동을 참아온 나는

풀포기처럼 피어난다.

즐거운 종달새야

어느 이랑에서나 즐거웁게 솟쳐라.

푸르른 하늘은

아른, 아른, 높기도 한데……

_ 윤동주, 〈봄〉

화원에 꽃이 핀다

_윤동주

*윤동주가 남긴 4편의 산문 중 하나로 1939년 연희전문 문과 2년에 쓴 것으로 추정

*1948년 〈신천지〉 11월, 12월호 발표

개나리·진달래·앉은뱅이·라일락·민들레·찔레·복사·들장미·해당화·모란·릴리·창포·카네이션·봉선화·백일홍·채송화·다알리아·해바라기·코스모스— 코스모스가 홀홀히 떨어지는 날 우주의 마지막은 아닙니다. 여기에 푸른 하늘이 높아지고 빨간, 노란 단풍이 꽃에 못지않게 가지마다 물들었다가 귀또리 울음이 끊어짐과 함께 단풍의 세계가 무너지고 그 위에 하룻밤 사이에 소복이 흰 눈이 내려, 내려 쌓이고 화로(火爐)에는 빨간 숯불이 피어오르고 많은 이야기와 많은 일이 이 화롯가에서 이루어집니다.

독자제현(讀者諸賢, 현명한 독자 여러분)! 여러분은 이 글이 쓰이는 때를 독특(獨特)한 계절(季節)로 짐작해서는 아니 됩니다. 아니, 봄·여름·가을·겨울 어느 철로나 상정(想定)하셔도 무방합니다. 사실 일 년 내내 봄일 수는 없습니다. 하나 이 화원(花園)에는 사철 내 봄이 청춘(靑春)들과 함께

싱싱하게 등대하여 있다고 하면 과분(過分)한 자기선전(自己宣傳)일까요. 하나의 꽃밭이 이루어지는 것은 손쉽게 되는 것이 아니라 고생과 노력(勞力)이 있어야 하는 것입니다. 딴은 얼마의 단어(單語)를 모아 이 졸문을 지적 거리는 데도 내 머리는 그렇게 명(明)석한 것이 못 됩니다. 한 해 동안을 내 두뇌(頭腦)로써가 아니라 몸으로써 일일이 헤아려 세포 사이마다 간직해두어서야 거우 몇 줄의 글이 이루어집니다. 그리하여 나에게 있어 글을 쓴다는 것이 그리 즐거운 일일 수는 없습니다. 봄바람의 고민(苦悶)에 짜들고, 녹음(綠陰)의 권태(倦怠)에 시들고, 가을 하늘 감상(感傷)에 울고, 노변(爐邊)의 사색(思索)에 졸다가 이 몇 줄의 글과 나의 화원(花園)과 함께 나의 1년은 이루어집니다.

시간을 먹는다는— 이 말의 의의(意義)와 이 말의 묘미(妙味)는 칠판 앞에 서 보신 분과 칠판 밑에 앉아 보신 분은 누구나 아실 것입니다— 것은 확실(確實)히 즐거운 일임에 틀림없습니다. 하루를 휴강(休講)한다는 것보다— 하긴 슬그머니 까먹어버리면 그만이지만— 다 못한 시간, 예습(豫習), 숙제(宿題)를 못해왔다든가 따분하고 졸리고 한 때, 한 시간의 휴강은 진실로 살로 가는 것이어서, 만일(萬一) 교수(敎授)가 불편(不便)하여서 못나오셨다고 하더라도 미처 우리들의 예의(禮儀)를 갖출 사이가 없는 것입니다. 그러나 이것을 우리들의 망발과 시간의 낭비(浪費)라고 속단(速斷)하여선 아니 됩니다. 여기에 화원이 있습니다. 한 포기 푸른 풀과 한 떨기의 붉은 꽃과 함께 웃음이 있습니다. 노우트장을 적시는 것보다 한우충동(汗牛充棟, 수레에 실어 운반하면 소가 땀을 흘릴 정도의 양이란 뜻으로 책이 많음을 뜻함)에 묻혀 글줄과 씨름하는 것보다 더 명확(明確)한 진리(眞理)를 탐구(探求)할 수 있을는지, 보다 더 많은 지식(知識)을 획득(獲得)할 수 있을는지, 보다 더 효과적(效果的)인 성과(成果)가 있을지를 누가 부인(否認)하겠습니까.

나는 이 귀(貴)한 시간을 슬그머니 동무들을 떠나서 단 혼자 화원을 거닐 수 있습니다. 단 혼자 꽃들과 풀들과 이야기할 수 있다는 것이 얼마나 다행한 일이겠습니까. 참말 나는 온정(溫情)으로 이들을 대할 수 있고, 그들은 나를 웃음으로 맞아줍니다. 그 웃음을 눈물로 대(對)한다는 것은 나의 감상(感傷)일까요. 고독(孤獨), 정숙(精寂)도 확실(確實)히 아름다운 것임에 틀림이 없으나, 여기에 또 서로 마음을 주는 동무가 있는 것도 다행(多幸)한 일이 아닐 수 없습니다. 우리 화원(花園) 속에 모인 동무들 중에, 집에 학비(學費)를 청구(請求)하는 편지를 쓰는 날 저녁이면 생각하고 생각하던 끝에 겨우 몇 줄 써 보낸다는 A군(君), 기뻐해야 할 서유(書留, 통칭 월급봉투)를 받아든 손이 떨린다는 B군(君), 사랑을 위(爲)하여서는 밥맛을 잃고 잠을 잊어버린다는 C군(君), 사상적(思想的) 당착(撞着)에 자살(自殺)을 기약(期約)한다는 D군(君)…… 나는 이 여러 동무들의 가륵한 심정(心情)을 내 것인 것처럼 이해(理解)할 수 있습니다. 서로 너그러운 마음으로 대(對)할 수 있습니다.

나는 세계관(世界觀), 인생관(人生觀), 이런 좀 더 큰 문제(問題)보다 바람과 구름과 햇빛과 나무와 우정(友情), 이런 것들에 더 많이 괴로워해왔는지도 모르겠습니다. 단지 이 말이 나의 역설(逆說)이나 나 자신(自身)을 흐리우는 데 지날 뿐일까요. 일반(一般)은 현대(現代) 학생(學生) 도덕(道德)이 부패(腐敗)했다고 말합니다. 스승을 섬길 줄을 모른다고들 합니다. 옳은 말씀들입니다. 부끄러울 따름입니다. 하나 이 결함을 괴로워하는 우리들 어깨에 지워 광야(曠野)로 내쫓아버려야 하나요. 우리들의 아픈 데를 알아주는 스승, 우리들의 생채기를 어루만져주는 따뜻한 세계(世界)가 있다면 박탈(剝脫)된 도덕(道德)일지언정 기울여 스승을 진심(眞心)으로 존경(尊敬)하겠습니다. 온정(溫情)의 거리에서 원수를 만나면 손목을 붙잡고 목놓아 울겠습니다.

세상(世上)은 해를 거듭 포성(砲聲)에 떠들썩하건만 극히 조용한 가운데 우리들 동산에서 서로 융합(融合)할 수 있고, 이해(理解)할 수 있고, 종전의 OO가 있는 것은 시세(時勢)의 역효과(逆效果)일까요.

봄이 가고, 여름이 가고, 가을 코스모스가 홀홀히 떨어지는 날이 우주(宇宙)의 마지막은 아닙니다. 단풍의 세계(世界)가 있고— 이상이견빙지(履霜而堅氷至, 서리를 밟거든 얼음이 굳어질 것을 각오하라—가 아니라, 우리는 서릿발에 끼친 낙엽(落葉)을 밟으면서 멀리 봄이 올 것을 믿습니다.

노변(爐邊)에서 많은 일이 이뤄질 것입니다.

-1948년 〈신천지〉 11~12월호

별똥 떨어진데

_윤동주

*윤동주가 남긴 4편의 산문 중 하나로 연희전문 시절 쓴 것으로 추정
*1948년 〈민성〉 12월호 발표

밤이다.

하늘은 푸르다 못해 농회색(濃灰色)으로 캄캄하나 별들만은 또렷또렷 빛난다. 침침한 어둠뿐만 아니라 오삭오삭 춥다. 이 육중한 기류(氣流) 가운데 자조(自嘲)하는 한 젊은이가 있다. 그를 '나'라고 불러두자.

나는 이 어둠에서 배태(胚胎)되고 이 어둠에서 생장(生長)하여서 아직도 이 어둠 속에 그대로 생존(生存)하나보다. 이제 내가 갈 곳이 어딘지 몰라 허우적거리는 것이다. 하기는 나는 세기(世紀)의 초점(焦点)인 듯 초췌(憔悴)하다. 얼핏 생각하기에는 내 바닥을 반듯이 받들어주는 것도 없고, 그렇다고 내 머리를 갑박이(갑자기) 내려누르는 아무것도 없는 듯하다마는 내막(內幕)은 그렇지도 않다. 나는 도무지 자유(自由)스럽지 못하다. 다만, 나는 없는 듯 있는 하루살이처럼 허공(虛空)에 부유(浮遊)하는 한 점(点)에 지나지 않는다. 이것이 하루살이처럼 경쾌(輕快)하다면 마침 다행(多幸)할

것인데 그렇지를 못하구나!

이 점(点)의 대칭 위치(對稱位置)에 또 다른 밝음(明)의 초점(焦点)이 도사리고 있는 듯 생각된다. 덥석 움키었으면 잡힐 듯도 하다.

마는(그러나) 그것을 휘잡기에는 나 자신(自身)이 둔질(鈍質)이라는 것보다 오히려 내 마음에 아무런 준비(準備)도 배포치 못한 것이 아니냐. 그러고 보니 행복(幸福)이란 별스런 손님을 불러들이기에도 또 다른 한 가닥 구실을 치르지 않으면 안 될까보다.

이 밤에 나에게 있어 어린 적처럼 한낱 공포(恐佈)의 장막인 것은 벌써 흘러간 전설(傳說)이오. 따라서 이 밤이 향락(享樂)의 도가니라는 이야기도 나의 염원(念頭)에선 아직 소화(消火)시키지 못할 돌덩이다. 오로지 밤은 나의 도전(挑戰)의 호적 (好敵)이면 그만이다.

이것이 생생한 관념세계(觀念世界)에만 머무른다면 애석한 일이다. 어둠 속에 깜박깜박 조을며(졸며) 다닥다닥 나란히 한 초가(草家)들이 아름다운 시(詩)의 화사(華詞)가 될 수 있다는 것은 벌써 지나간 제너레이션의 이야기요, 오늘에 있어서는 다만 말 못하는 비극(悲劇)의 배경(背景)이다.

이제 닭이 홰를 치면서 맵짠 울음을 뽑아 밤을 쫓고 어둠을 내몰아 동쪽으로 훤히 새벽이란 새로운 손님을 불러온다 하자. 하나 경망(輕妄)스럽게 그리 반가워할 것은 없다. 보아라, 가령(假令) 새벽이 왔다 하더라도 이 마을은 그대로 암담(暗澹)하고, 나도 그대로 암담(暗澹)하고 하여서 너나 나나 이 가장지 길에서 주저(躊躇) 주저(躊躇) 아니치 못할 존재(存在)들이 아니냐.

나무가 있다.

그는 나의 오랜 이웃이요, 벗이다. 그렇다고 그와 내가 성격(性格)이나, 환경(環境)이나, 생활(生活)이 공통(共通)한 데가 있는 것은 아니다. 말하자면 극단(極端)과 극단(極端) 사이에도 애정(愛情)이 관통(貫通)할 수 있다는 기적적(奇蹟的)인 교분(交分)의 표본(標本)에 지나지 못할 것이다.

나는 처음 그를 퍽 불행(不幸)한 존재(存在)로 가소롭게 여겼다. 그의 앞에 설 때 슬퍼지고 측은(惻隱)한 마음이 앞을 가리곤 하였다. 마는 돌이켜 생각건대 나무처럼 행복(幸福)한 생물(生物)은 다시없을 듯하다. 굳음에는 이루 비길 데 없는 바위에도 그리 탐탁치는 못할망정 자양분(滋養分)이 있다 하거늘 어디로 간들 생(生)의 뿌리를 박지 못하며, 어디로 간들 생활(生活)의 불평(不平)이 있을쏘냐. 칙칙하면 솔솔 솔바람이 불어오고, 심심하면 새가 와서 노래를 부르다 가고, 촐촐하면 한 줄기 비가 오고, 밤이면 수(數)많은 별들과 오순도순 이야기할 수 있고— 보다 나무는 행동(行動)의 방향(方向)이란 거추장스런 과제(課題)에 봉착(逢着)하지 않고, 인위적(人爲的)으로든, 우연(偶然)으로든 탄생(誕生)시켜준 자리를 지켜 무진무궁(無盡無窮)한 영양소(營養素)를 흡취(吸取)하고, 영롱(玲瓏)한 햇빛을 받아들여 손쉽게 생활(生活)을 영위(營爲)하고, 오로지 하늘만 바라고 뻗어질 수 있는 것이 무엇보다 행복(幸福)스럽지 않으냐.

이 밤도 과제(課題)를 풀지 못하여 안타까운 나의 마음에 나무의 마음이 점점(漸漸) 옮아오는 듯하고, 행동(行動)할 수 있는 자랑을 자랑치 못함에 뼈저리는 듯하나 나의 젊은 선배(先輩)의 웅변(雄辯) 왈(曰), 선배(先

輩)도 믿지 못할 것이라니, 그러면 영리(怜悧)한 나무에게 나의 방향(方向)을 물어야 할 것인가.

어디로 가야 하느냐. 동(東)이 어디냐, 서(西)가 어디냐, 남(南)이 어디냐. 북(北)이 어디냐.

아차! 저 별이 번쩍 흐른다. 별똥 떨어진 데가 내가 갈 곳인가 보다. 하면 별똥아! 꼭 떨어져야 할 곳에 떨어져야 한다.

- 1948년 〈민성〉 12월호

조춘점묘1 - 보험 없는 화재

_이 상

*조춘점묘(早春點描)-이른봄에 도회의 풍경을 내려다보며 생각한 것을 그림처럼 표현한 것을 말함
*1936년 3월 3일~26일 〈매일신보〉 발표

격장(隔墻)에서 불이 났다. 흐린 하늘에 눈발이 성기게 날리면서 화염은 오적어(烏賊魚, 오징어) 모양으로 덩어리 먹을 퍽퍽 토한다. 많은 약품을 취급하는 큰 공장이란다. 거대한 불더미 속에서는 간헐적으로 재채기 하듯이 색다른 연기 뭉텅이가 내뿜긴다. 약품이 폭발하나 보다.

역(亦) 송구스러운 말이나 불구경 싫어하는 사람은 없는 것 같다. 뒤곁으로 돌아가서 팔짱을 끼고 서서 턱살 밑으로 달려드는 화광(火光)을 쳐다보고 서 있자니까 얼굴이 후끈후끈해 들어오는 것이, 꽤 할 만하다. 잠시 황홀한 엑스터시—제 속에 놀아본다.

불을 붙여놓고 보니까 뜻밖에 너무도 엉성한 그 공장 바라크(Barrack, 가건물)는 삽시간에 불길에 휘감겨 버리고 그리고 그 휘말린 혓바닥이 인접한 게딱지 같은 빈민굴을 향하여 널름거리기 시작해서야 겨우 소방대가 달려왔다. 인제 정말 재미있다, 삼방(三方)으로 호—스를 들이대고는 빈

민굴 지붕 위에 올라서서 야단들이다. 하릴없이 깝친다.

이만큼 떨어져서 얼굴이 뜨거워 못견디겠으니 거진 화염 속에 들어서 다시피 바싹 다가선 소방대들은 어지간하렷다 하면서 여전히 점점 더 사나워 오는 훈훈한 불길을 쬐고 있자니까 인제는 게서(거기서) 더 못견디겠는지 호—스 꼭지를 쥔 채 지붕에서 뛰어내려온다. 그러면 그렇지, 하고 그 실오라기만도 못한 물줄기를 업신여기자니까 이번에는 호—스를 화염 쪽에서 돌려서 잇닿은 빈민굴을 막 축이기 시작한다. 이미 화염에 굴뚝 빨래 널어놓은 장대를 그슬리기 시작한 집들은 세간 기명(器皿, 살림살이에 쓰는 여러 가지 기구)을 끌어내느라고 허겁지겁 야단법석이다. 하더니, 헐어내기 시작이다.

타는 것에서는 손을 떼고 성한 집을 헐어내는 이유는 이 좀 심한 서북풍에 화염의 진로를 차단하자는 속일 것이다. 그러나 아직 불은 붙지도 않았는데 덮어놓고 헐리고 물을 끼얹히고 해서 세간 기명을 그냥 엉망을 만들어버린 빈민굴 주민들로 치면 또 예서 더 억울할 데가 없을 것이다.

하도들 들이몰리고 내몰리고들 좁은 골목 안에서 복작질들을 치길래 좀 내다보니까 삼층장 · 의걸이 · 양푼 · 납세 독촉장 · 바이올린 · 여우목도리 · 다 해진 돗자리 · 단장 스파이크 · 구두 · 구공탄 · 풍로 뭐 이 따위 나부랭이가 장이 서다시피 내쌓였다. 그 중에도 이부자리는 물벼락을 맞아서 결딴이 난 것이 보기 사납다.

그제야 예까지 타들어 오려나 보다 하고 선뜩 겁이 난다. 집으로 얼른 들어가 보니까 어머니가 덜—덜— 떨면서 때 묻은 이불 보퉁이를 뭉쳤다 끌렀

다하면서 갈팡질팡하신다. 코웃음이 문득 나오는 것을 참으면서— 그건 그렇게 싸서 어디다 내놓을 작정이십니까?— 하고 묻는다. 생각하여 보면 남의 셋방 신세이니 탄들 다 탄대야 집 한 채 탄 것의 몇 분의 일도 못되리라.

불길은 인제는 서향 유리창에 환—하다. 타려나 보다. 타면 탔지 하는 일종 비유하기 어려운 허무한 생각에서 다시 뒤꼍으로 돌아가서 불구경을 계속한다.

그동안에도 만일 불이 정말 이 일대를 소진하고야 말 작정이라면 제일 먼저 꺼내 와야 할 것이 무엇일까를 생각하여 보았다.

그러나 아무것도 선뜻 떠오르는 게 없다. 그럼 다 타도 좋다는 심리인가?

아마 그런 게다. 그러나 어머니는 그 다 떨어진 포대기와 빈대 투성이 반닫이가 무한히 아까운 모양이었다. 또 저 걸레 나부랭이를 길에 내놓았다가 그것들을 줄레줄레 들고 찾아갈 곳이 있나 그것도 생각해 보았으나 그 역시 없다. 일가 혹은 친구— 내 한 몸뚱이 같으면 몰라도 이 때 묻은 가족들을 일시에 말없이 수용해줄 곳은 암만해도 없는 것이다.

불행히 불은 예까지 오기 전에 꺼졌다. 그 좋은 불구경이 너무 하잘 것 없이 끝난 것도 섭섭했지만 그와는 달리 무엇이라고 형언할 수 없는 적막을 느꼈다.

듣자니 공장은 화재보험 덕에 한 파운드짜리 알코올 병 하나 꺼내 놓지 않고 수만 원의 보상을 받으리라 한다. 화재보험— 참 이것은 어떤 종류의 고마운 하느님보다도 훨씬 더 고마운 하느님에 틀림없다.

어머니는 어찌 되든지 간에 그때 마음 같아서는 '빌어먹을! 몽탕 다 타나버리지' 하고 실없이 심술이 났다. 재산도 그 대신 걸레 조각도 없는 알몸뚱이가 한번 되어 보고 싶었던 게다. 물론 '화재보험 하느님' 이 내게 아무런 보상도 끼칠 바는 아니련만…….

- 1936년 3월 〈매일신보〉

조춘점묘2 - 단지(斷指)한 처녀

_이 상

*단지(斷指)-손가락을자르거나깨무는일

들판이나 나무에 핀 꽃을 똑 꺾어본 일이 없다. 그건 무슨 제법 야생 것을 더 귀해한답시고 해서 그런 게 아니라 대체가 성격이 비겁하게 생겨먹은 탓이다.

못꺾는 축보다는 서슴지 않고 꺾을 수 있는 사람이 역시— 매사에 잔인하다는 소리를 듣는 수는 있겠지만— 영단(英斷)이란 우수한 성격적 무기를 가진 게 아닌가 한다.

끝엣누이(막내여동생) 동무 되는 새악시가 그 어머니 임종에 왼손 무명지를 끊었다. 과연 동양 도덕의 최고 수준을 건드렸다고 해서 무슨 상인지 돈 삼 원을 탔단다. 세월이 세월 같으면 번듯한 홍문(紅文, 궁전이나 왕릉 등에 있는 붉게 칠한 문)이 서야 할 계제에 돈 삼 원이란 어떤 도량형법으로 산출한 액수인지는 알 바 없거니와 그 보다도 잠깐 이 단지한 새악시 자신이 되어 생각을 해보니 소름이 끼친다. 사뭇 식도(食刀)로다 한 번 찍어 안 찍히는 것을 두 번 찍고, 세 번 찍고, 열 번 찍어 안 넘어가는 나무가 없다는 격으로 기어이 찍어 떨어뜨렸다니 그 하늘이 동할 효성도 효성이지만 우선 이 끔찍끔찍한 잔인성은 상상만 해도 몸서리가 치고 오히려 남음이 있는가 싶다. 이렇게 해서 더러 죽은 어머니를 살리는 수가 있다니 그것을 의학이 어떻게 교묘하게 설명해줄지는 모르나 도무지 신화 이상의 신화다.

원체가 동양 도덕으로는 신체발부에 창이(瘡痍, 상처)를 내는 것은 엄중히 취췌(금지)한다고 과문(寡聞, 규범)이 들어왔거늘 그럼 이 무시무시한 훼상(毁傷)을 왈, 중에도 으뜸이라는 효도의 극치로 대접하는 역설적 이론의 근거를 찾기 어렵다.

무슨 물질적인 문화에 그저 맹종하자는 것이 아니라 시대와 생활 시스템의 변천을 좇아서 거기 따르는 역시 새로운, 즉 이 시대와 이 생활에 준구(準矩, 근거)되는 적확한 윤리적 척도가 생겨야 할 것이고가 아니라 의식적으로 입법해내어야 할 것이다.

단지(斷指)— 이 너무나 독한 도덕행위는 오늘 우리가 짊어지고 있는 어떤 종류의 생활 시스템이나 사상적 프로그램으로 재어보아도 송구스러우나 일종의 무지한 야만적 사실인 것을 부정키 어려운 외에 아무 취할 것이 없다.

알아보니까 학교도 변변히 못 가본 규중 처녀라니 물론 학교에서 얻어 배운 것은 아니겠고 그렇다면— 어른들의 호랑이 담배 먹는 옛이야기나 그렇지 않으면 울긋불긋한 각설이 떼의 효자충신전이 트여준 것임에 틀림없을 것이다. 그 밖에 손가락을 잘라서 죽는 부모를 살릴 수 있다는 가엾은 효법(孝法)을 이 새악시에게 여실히 가르쳐줄 수 있을 만한 길이 없다. 아— 전설의 힘의 이렇듯 큼이여.

그러나 수삼일 전에 이 새악시를 보았다. 어머니를 잃은 크나큰 슬픔이 만면에 형언할 수 없는 추색을 빚어내는 새악시의 인상은 독하기는커녕 어디 한 군데 험 잡을 데조차 없는 가련한, 온순한 하디(토마스 하디)의 '테스' 같은 소녀였다. 누이는 그냥 제 일같이 붙들고 울고 하는 곁에서 단지에 대한 그런 아포리즘과는 다른 감격과 슬픔을 느끼지 않을 수 없었다. 기적으로 상처는 도지지도 않고 그냥 아물었으니 하늘이 무심치 않구나 했다.

여하간 이 양(羊)이나 다름없이 부드럽게 생긴 소녀가 제 손가락을 넓적한 식도로다 데꺽 찍어 내었다는 것은 꿈에도 생각할 수 없다. 다만 그의 가련한 무지와 가중한 전통이 이 새악시로 하여금 어머니를 잃고 또 저는 종생의 불구자가 되게 한 이중의 비극을 낳게 한 것이다.

극구 칭찬하는 어머니와 누이에게 억제하지 못할 슬픔은 슬쩍 감추고 일부러 코웃음을 치고— 여자란 대개가 도무지 잔인하게 생겨 먹었습네다. 밤낮으로 고기도 썰고, 두부도 썰고, 생선대가리도 죽이고, 나물도 뜯고, 버들가지를 꺾어서는 피리도 만들고, 피륙도 찢고, 버선감도 싹둑싹둑 썰어내고, 허구한 날 하는 일이 일일이 잔인하기 짝이 없는 것 뿐이니, 아따 제 손가락 하나쯤은 비웃(생선) 한 마리 토막 치는 셈만 치면 찍히지— 하고 흘려버린 것은 물론 기변이요, 속으로는 역시 그 갸륵한 지성과 범키 어려운 일편단심에 아파하지 않을 수 없었고, 존경하는 마음으로 하여 머리 수그리지 않을 수는 없었다.

불행히 시대에서 비켜선 지고(至高)한 효녀 그 새악시! 그래 돈 삼 원에다 어느 신문 사회면 저 아래에 칼표 딱지만한 우메구사(短新, 단신)를 장만해 준 밖에 무엇이 소저(小姐)의 적막해진 무명지 억울한 사정을 가로맡아 줍디까. 당신을 공경하면서 오히려 '단지'를 미워하는 심사 저 뒤에는 아주 근본적으로 미워해야 할 무엇이 가로놓여 있는 것을 소저 그대는 꿈에도 모르리다.

- 1936년 3월 〈매일신보〉

조춘점묘3 – 차생윤회(此生輪廻)

_이 상

*차생(此生)-지금 살아있는 이 세상

*윤회(輪廻)-생명이 있는 것은 죽어도 다시 태어나 생이 반복된다고 하는 불교사상

길을 걷자면 '저런 인간일랑 좀 죽어 없어졌으면' 하고 골이 벌컥 날 만큼 이 세상에 살아 있지 않아도 좋을, 산댔자 되려 가지가지 해독이나 끼치는 것밖에 재주가 없는 인생들을 더러 본다. 일전(日前) 영화 〈죄와 벌〉에서 얻어 들은 '초인법률초월론(超人法律超越論)'이라는 게 뭔지는 모르지만 진보된 인류 우생학적 위치에서 보자면, 가령 유전성이 확실히 있는 불치의 난병자, 광인, 주정(酒精) 중독자, 소(所) 유전의 위험이 없더라도 접촉 혹은 공기전염이 꼭 되는 악저(惡疽)의 유자(有子), 또 도무지 어떻게도 손을 댈 수 없는 절대 걸인 등 다 자진해서 죽어야 하든지 그렇지 않으면 모종의 권력으로 일조일석(一朝一夕)에 깨끗이 소탕을 하든지 하는 게 옳을 것이다. 극흉 극악의 범죄인도 물론 그 종자를 절멸시켜야 옳을 것인데 이것만은 현행의 법률이 잘 행사해준다. 그러나— 법률에 대한 어려운 이론을 알 바 없거니와— 물론 충분한 증거와 함께 범죄 사실이 노현(露顯,

겉으로 드러냄)한 경우에 한하여서이다. 영화 〈프랑켄슈타인〉에 나오는 지상 최대의 흉악한 용모의 소유자가 여기도 있다면 그 흉리(胸裏, 마음에 품고 있는 생각이나 느낌)에는 어떤 극악의 범죄 계획을 내함(內含)하고 있다 하더라도 다만 그의 그 용모 골상이 흉악하다는 이유만으로는 법률이 그에게 판재(判裁)나 처리를 할 수는 없으리라. 법률은 그런 경우에 미행(尾行)을 붙여서 차라리 이 자의 범죄 현장을 탐탐(耽耽)히 기다릴 것이다. 의아한 자는 벌하지 않는다니 그럴 법하다.

그러나 또 생각해 보면 걸인도 없고, 병자도 없고, 범죄인도 없고, 하여간 오늘 우리 눈에 거슬리는 온갖 것이 다 깨끗이 없어져 버린 타작마당 같은 말쑥한 세상은, 만일 그런 것이 지상에 실현할 수 있다면 지상은 그야말로 심심하기 짝이 없는 권태 그것과 같은 세상일 것이다. 그러니까 자선가의 허영심도 채울 길이 없을 것이고, 의사도, 변호사도 ,아니 재판소도, 온갖 것이 다 소용이 없어질 것이고, 따라서 그날이 그날 같고 이럴 것이니, 이래서야 참 정말 속수무책으로 바야흐로 할 일이 없어질 것이다. 이런 춘풍태탕(春風駘蕩, 봄 경치가 화창하고 한가로운 모양)한 세월 속에서 어쩌다가 우연히 부스럼이라도 좀 나는 사람이 하나 있다면 참괴(慙愧, 부끄러움) 이것을 이기지 못하여 천하 만민 앞에서 아주 깨끗하게 일신을 자결할 것이고 또 그런 세상의 도덕이 그러기를 무언중에 요구해 놓아둘 것이다.

그게 겁이 나서 그런지는 모르지만 천하의 어떤 우생학자도, 초인법률 초월론자도 행정자에게 대하여 정말 이 '살아 있지 않아도 좋을 인간들'의 일제(一齊)한 학살을 제안하거나 요구하지는 않나 보다. 혹 요구된 일이 전대(前代)에 더러 있었는지는 모르지만 일찍이 한 번도 이런 대영단적(大英斷的) 우생학을 실천한 행정자는 없는가 싶다. 없을 뿐만 아니라 나환자 사구금(赦救金)이니, 빈민구제 기관이니, 시료병실(施療病室)이니 해서 어쨌든 이네들의 생명에 대하여 아무런 위협도 가하지 않을 뿐 아니라, 한편 그윽히 보호하는 기색이 또한 무르녹는다. 가령, 종로에서 전차를 기다리자면 '나리 한 푼 줍쇼' 하고 달려든다. 더러 준다. 그 중에는 '내 십 전 줄게 다시는 거지 노릇을 하지 마라'고 한 부인이 있다니 구복(拘腹)할 일이다. 또 점두(店頭, 가게 앞)에 그 호화 장려한 풍모로 나타나서 '한 푼 줍쇼' 소리를 될 수 있는 대로 듣기 싫게 연발하는 인간에게도 불성문(不成文)으로 한 푼 주어 보내기로 되어 있다. 그래서 암암리에 사람들은 이 지상의 암(癌)을 잘 기를 뿐만 아니라 은연히 엄호한다. 역(亦) 눈에 띄지 않는 모순이다.

즉, 그런 그다지 많지 않은 그러나 결코 적지 않은 한 층(層)을 길러서 이쪽이 제 생활의 어떤 원동력을 게서 얻자는 것인지도 모른다. 목숨이 끊어지지 않을 만큼만 먹여 살려서는 그런 것이 역연(歷然, 분명하고 또렷한)히 지상에 있다는 것을 사실로 지적해서는 제 인생 생활의 가치와 레이전데틀(존재 이유)를 교만하게 긍정하자는 기획일 것이다. 그러면서 부절히 이 악저로 하여 고통과 협위(脅威)를 느끼는 중에 '네놈이 어디 나 같은 인간이 될 수 있나 해보아라.' 하는 형언할 수 없는 무슨 투쟁심을 흉중에 축적시켜서는 '저게 겨울 내 안 죽고 또 살아' 하는 의외에도 생활의 원동력을 급취(汲取)하자는 것일 게다.

하루 종로를 오르내리는 동안에 세 번 적선을 베푼 일이 있다. 파(破) 기록적 사실임에 틀림없다. 한 푼 받아들고 연해 고개를 끄덕이고 꽁무니를 빼는 꼴을 보면서 '네놈 덕에 내가 사람 노릇을 하는 것이다. 알기나 아니?' 하고 심히 궁한 허영심에서 고소(苦笑)하였다. 자신 역시 지상에 살 자격이 그리 없다는 것을 가끔 느끼는 까닭이다. 그러나 다음 순간 '나를 먹여 살리는 내 바로 상부구조가 또 이렇게 만족해하겠지' 하고 소름이 연(聯)쫙 끼쳤다. 그때의 나는 틀림없이 어떤 점잖은 분들의 허영심과 생활 원동력을 제공하기 위하여 꾸멀꾸멀하는 '거지적 존재' 구나, 눈의 불이 번쩍 나지 않을 수 없었다.

-1936년 3월 〈매일신보〉

조춘점묘4 - 공지(空地)에서

_이 상

*공지(空地)-집이나밭따위가없는비어있는땅

얼음이 아직 풀리기 전 어느 날, 덕수궁 마당에 혼자 서 있었다. 마른 잔디 위에 날이 따뜻하면 여기저기 쌍쌍이 벌려 놓일 사람 더미가 이날은 그림자도 안 보인다. 이렇게 넓은 마당을 텅 이렇게 비워두는 뜻이 알 길 없다.

땅이 심심할 것 같다. 땅도 인제는 초목이 우거지고 기암괴석이 배치되는 데만 만족해하지는 않을 게다. 차라리 초목이 없고 괴석이 없더라도 집이 서고 집 속에 사람들이 북적북적하고 또 집과 집 사이에 참 아끼고 아껴서 남겨놓은 가늘고 길고 요리 휘고 조리 휜 얼마 간의 지면(地面)— 즉, 길에는 늘 구두 신은 남녀가 뚜걱뚜걱(뚜벅뚜벅) 오고 가고 여러 가지 차량들이 굴러가고 하기를 희망할 것이다. 이렇게 땅의 성격도, 기호도 변하였을 것이다.

그래 이건 아마 겨울 동안에는 인마(人馬)의 통행을 엄금해 놓은 각별한 땅이나 아닌가 하고 대단히 겸연쩍어서 부리나케 대한문으로 내달으려니까 하늘에 소리 있으니 사람의 소리로다― 그러나 역시 잔디밭 위에는 아무도 없고 지난 가을에 해뜨리고(버리고) 간 캐러멜 싸개가 바람에 이리 날고 저리 날고 할 뿐이다.

그러나 다음 순간 반드시 덕수궁에 적을 둔 금리(金鯉, 비단잉어) 떼나 놀아야 할 연못 속에 겨울 차림을 한 남녀가 무수히 헤어져 놀고 있는 것이 눈에 띄었다. 하나도 육지에 올라선 이가 없이 말짱 그 손바닥만 한 연못에 들어서서는 스마트한 스케이팅을 즐기는 것이 아닌가.

요컨대 새로 발견된 공지로군― 하고 경이의 눈을 옮길 길이 없어 가까이 다가서서는 그 새로 점령된 미끈미끈한 공지를 조심성스러이(조심스럽게) 좀 들여다보았다. 그러니 금리어(金鯉魚)들은 다 어디로 쫓겨갔을까? 어족은 냉혈동물이라니 물이 얼어도 밑바닥까지만 얼지 않으면 그 얼음장 밑 냉수 속에서 족히 살아갈 수 있다는 것인가. 그러나 그 예리한 스케이트 날로 너무 걸커(긁어) 밀어 놓아서 얼음은 영 불투명하다. 투명만 하면 불그스레한 금리어 꽁지가 더러 들여다보이기도 하련만― 여하간 이 손바닥만 한 연못이 깊으면 얼마나 깊을까― 바탕까지 다 꽝꽝 얼었다면 어족은 일거에 몰사하였을 것이고 얼음장 밑에 물이 흐르고 있다면 이 까닭 모를 소요에 얼마나 어족들이 골치를 앓을까? 이 신기한 공지를 즐기기 위하여서는 물론 그들은 어족의 두통 같은 것은 가산하지 않았을 것이다.

그날 황혼 천하에 공지 없음을 한탄하며 뉘집 이층에서 저물어가는 도회를 내려다보고 있었다. 그때 실로 덕수궁 연못 같은 날만 따뜻해지면 제 출몰에 해소될 엉성한 공지와는 비교가 안 되는 참 훌륭한 공지를 하나 발견하였다.

○○보험회사 신축용지라고 대서특서한 높다란 판장(板墻)으로 둘러막은 목산(目算) 범(凡) 1,000평 이상의 명실상부의 공지가 아닌가.

잡초가 우거졌다가 우거진 채 말라서 일면이 세피아 빛으로 덮인 실로 황량한 공지인 것이다. 입추의 여지가 가히 없는 이 대도시 한복판에 이런 인외경(人外境)의 감을 풍기는 적지 않은 공지가 있다는 것은 기적 아닐 수 없다.

인마의 발자취가 끊긴지— 아니 그건 또 처음부터 없었는지도 모르지만— 오랜 이 공지에는 강아지가 서너 마리 모여 석양의 그림자를 끌고 희롱한다.

정말 공지— 참말이지 이 세상에는 인제는 공지라고는 없다. 아스팔트를 깐 뻰질한 길도 공지가 아니다. 질펀한 논밭, 임야, 석산, 다 아무개의 소유답(所有畓)이요, 아무개 소유의 산갗(산림)이요, 아무개 소유의 광산인 것이다.

생각하면 들에 나는 풀 한 포기가 공지에 뿌리를 내리지 못한다. 이치대로 하자면 우리는 소유자의 허락이 없이 일보의 반보를 어찌 옮겨 놓으리오.

오늘 우리가 제법 교외로 산보도 할 수 있는 것은 아직도 세상 인심이 좋아서 모두들 묵허(默許)를 해주니까 향유할 수 있는 치사(侈奢)다. 하나도 공지가 없는 이 세상에 어디로 갈까 하던 차에 이런 공지다운 공지를 발견하고 저기 가서 두 다리 쭉 뻗고 누워서 담배나 한 대 피웠으면 하고 나서 또 생각해보니까 이것도 역(亦) ○○보험회사가 이윤을 기다리고 있는 건조물인 것을 깨달았다. 다만 이 건조물은 콘크리트로 여러 층을 쌓아 올린 것과 달라 잡초가 우거진 형태를 하고 있을 뿐인 것이다.

봄이 왔다. 가난한 방 안에 왜(倭) 꽈리 분(盆) 하나가 철을 찾아서 요리조리 싹이 튼다. 그 닷곱 한 되도 안 되는 흙 위에다가 늘 잉크병을 올려놓고 하다가 싹 트는 것을 보고 잉크병을 치우고 겨우내 그대로 두었던 낙엽을 거두고 맑은 물을 한 주발 주었다. 그리고 천하에 공지라곤 요 분 안에 놓인 땅 한 군데 밖에는 없다고 좋아하였다. 그러나 두 다리를 뻗고 누워서 담배를 피우기에는 이 동글납작한 공지는 너무 좁다.

- 1936년 3월 〈매일신보〉

조춘점묘5 - 도회의 인심(人心)

_이 상

*인심(人心)-남의 처지를 헤아려 알아주고 도와주는 마음

도회의 인심(人心)이란 어느만큼이나 박(薄)해 가려는지 알 길이 없다.

이런 이야기를 들은 일이 있다. 상해(上海)에서는 기아(棄兒, 아이를 몰래 내다 버리는 일)를— 그것도 보통 죽은 것을— 흔히 쓰레기통에다 한다. 새벽이면 쓰레기를 쳐가는 인부가 와서는 휘파람을 불어가며 쓰레기를 치는데, 그는 이 흉악한 기아를 보고도 별반 놀라지 않을 뿐만 아니라 그 애총을 이리 비켜놓고 저리 비켜놓고 해서 쓰레기만 쳐가지고 잠자코 돌아간다는 것이다. 요컨대, 기아야 뭐이 그리 이상하랴. 다만, 이것은 쓰레기는 아니니까 내가 쳐가지 않을 따름 어떻게 되는 걸 누가 알겠소— 이 뜻이다.

설—마 했지만 또 생각해 보면 있을 법도 한 일이다. 참 도회의 인심은 어느 만큼이나 박하고 말려는지 종잡을 수가 없다.

이 나가야(연립주택)로 이사 온 지도 벌써 돌(일 년)이 가까워 오나 보다.

같은 들보 한 지붕 밑에 죽— 칸칸이 산다. 박서방, 김씨, 이상, 최주사, 이렇게 크고 작은 문패가 칸칸이 붙었다. 그러나 그들은 서로 사귀지 않는다. 그 중에도 직업은 서로 절대 비밀이다. 남편 혹은 나 같은 아내 없는 장성한 아들들은 앞문으로 드나든다. 그러나 아내 혹은 말만한 누이동생들은 뒷문으로 드나든다.

남편은 아침 혹 낮에 나가면 대개 저녁 혹은 밤에나 들어온다. 그러나 아낙네들은 집에 있다. 저녁때가 되면 자연 쌀을 씻어야하니 수도(水道)로 모여든다. 모여들면 남자들처럼 서로 꺼리고, 기피하지 않고, 곧잘 언어 노출증을 나타낸다. 그래서는 잠자코 있었으면 모를 이야기, 안 해도 좋을 이야기, 흉아잡이 무릎맞춤이 시작되어서 가끔 여류 무용전(武勇傳, 무용담)을 만들기도 한다. 그리하여 힘써 감추는 남편 씨의 직업도 탄로가 나고 해서 바깥양반의 자존심을 여지없이 분쇄하고 마는 것이다. 그러나 기압은 대체로 보아 무풍 상태다.

우리 집 변소 유리창에 똑바로 보이는 제2열 나가야 ○호 칸에 들은 젊은 세대는 작하(昨夏, 지난 해 여름) 이래 내외 싸움이 끊일 사이가 없더니 가을로 들어서자 추풍낙엽과 같이 남편이 남편직에서 떨어졌다. 부인은 ○○카페 화형(花形) 여급이라는 것이다. '메리 위도'가 된 '화형'은 남편을 경질하기에는 환경의 이롭지 못함을 깨달았던지 떠나버리고 그 칸은 빈 채다. 물론 이사를 하는 경우에도 이웃에 인사를 하는 수고스러운 미덕은 이 나가야 규정에 없다. 그 바로 이웃 칸에 든 젊은이의 감상담에 의하면 앓던 이 빠진 것 같다고— 왜냐하면 그 풍기를 문란케 하는 종류의 레코

드 소리를 안 듣게 되었다는 것이다. 그러자 또 그 이웃 아주 지방분이 잘 침착(沈着)한 젊은이는 젖먹이를 잃어버렸다. 그와 동시에 그 죽은 아이 체중보다도 훨씬 더 많을 지방분도 깨끗이 잃어버렸다. 그러나 그 어린애를 위해서나, 애어머니 지방분을 위해서나 부의 한 푼 있을 리 없다. 나도 훨씬 뒤에야 알았으니까—

날이 훨씬 추워지자 우리 바로 격장에 사남매로 조직된 가족이 떠나왔다. B전문학교 다니는 오빠가 한 쌍, W여고보에 다니는 매씨(妹氏)가 한 쌍— 매양 석각(夕刻)이면 혼성 사중창 유행가가 우리 아버지 완고한 사상을 괴롭힌다 한다. 그렇건만 나는 한 번도 그 오빠들을 본 일이 없고 누이는 한 번도 그 매씨들과 말을 바꾸어 본 일이 없는 것이다.

정월에 반대편 이웃집에서 흰떡을 했다. 한 가락 주겠지 했더니 과연 한 가락도 안 준다. 우리는 지짐이만 부쳤다. 좀 줄까 하다가 흰떡 한 가락 안 주는 걸 뭘, 하고 혼자 먹었다. 사남매 집은 원래 계산에 넣지 않은 이유가 그믐날 밤까지도 아무것도 부치지도 지지지도 않았기 때문이다. 그것은 전혀 흰떡과 지짐이를 그 이웃집에 기대하고 있는 수작이 아닌가 해서 미워서 그런 것이다. 물론 이것은 내 오해인지도 모르지만—

해토(解土, 겨우내 얼었던 땅이 봄이 되어 녹아서 풀림)하면서 막다른 칸에 든 젊은이가 본처에서 일약 첩으로 실격한 사건이 생겼다. 그러나 아무도 그 젊은이를 동정하지는 않고 그 남편이 배불뚝이라고 험담들만 실컷 하다 나자빠졌다. 그리고 우리 집에는 나날이 찾아오는 빚쟁이 수효가 늘어가기 시작이다. 그러다가 건물회사에서 집달리(執達吏, 집행관)를 데리고 나와 세간 기명 등속에다가 딱지를 붙이고 갔다. 집세가 너무 많이 밀렸다는 이유다. 이런 뒤법석이 일어난 것을 사남매는 모두 학교에 갔으니 알 길이 없고, 이쪽 이웃 역(亦) 어느 장님이 눈을 떴누 하는 식이다. 차라리 나는 다행하다 생각하였다. 동네방네가 죄다 알고 야단들을 치면 더 창피다.

"이료너라—"

"누굴 찾으시오."

"○씨 집이오?"

"아뇨!"

"그럼, 어디요—"

"그걸 내가 아오?"

하는 문답이 우리 집 문간에서 있나 보더니, 아버지 말씀이

"알아도 안 가르쳐 주는 게 옳아!"

"왜요?"

"아, 빚쟁일시 분명하니 거 남 못할 노릇 아니냐—"

하신다. 도회의 인심은 대체 얼마나 박하고 말려고 이러나?

- 1936년 3월 〈매일신보〉

조춘점묘6 – 골동벽(骨董癖)

_이 상

*골동벽(骨董癖)-오래되고 희귀한 여러 가지 기구나 예술품을 수집하는데 집착하는 일

가령, 신라나 고려 적 사람들이 밥상에다 콩나물도 좀 담고, 또 장조림도 담고, 또 약주도 따르고 해서 조석으로 올려놓고 쓰던 식기 나부랭이가 분묘 등지에서 발굴되었다고 해서 떠들썩하니, 대체 어쨌다는 일인지 알 수 없다. 그게 무엇이 그리 큰일이며 그 사금파리(사기 그릇이 깨져 생긴 작은 조각) 조각이 무엇이 그리 가치 높이 평가되어야 할 것이냐는 말이다. 황차(況且, 하물며 또는 더군다나) 그렇지도 못한 이조(李朝) 항아리 나부랭이를 가지고 어쩌니 어쩌니 하는 것들을 보면 알 수 없는 심사이다.

우리는 선조의 장한 일들을 잊어버려서는 못쓴다. 그러나 오늘 눈으로 보아서 그리 값도 나가지 않는 것을 놓고 얼싸안고 혀로 핥고 하는 꼴은 진보한 '컷트 글라스' 그릇 하나를 만들어내는 부지런함에 비하여 그 태타(怠惰, 몹시 게으름)의 극을 타기(唾棄)하고 싶다.

가끔 아는 이에게서 자랑을 받는다. 내 이조 항아리 좋은 것 우연히 싸

게 샀으니 와 보시오—다. 싸다는 그 값이 결코 싸지도 않을 뿐만 아니라 가 보면 대개는 아무 예술적 가치도 없는 태작인 경우가 많다. 그야 오늘 우리가 미쓰코시(三越) 백화점 식기부에서 살 수 없는 물건이니 볼 점이야 있겠지— 하지만 그 볼 점이라는 게 실로 하찮은 것이다.

항아리 나부랭이는 말할 것도 없이 그 시대에 있어서 의식적으로 미술품으로 만들어진 것은 아니다. 간혹 꽤 미술적인 요소가 풍부히 섞인 것이 있기는 있으되 역시 여기(餘技, 취미로 하는 기술이나 재간) 정도요, 하다 못해 꽃을 꽂으려는 실용이라도 실용을 목적으로 된 것임에 틀림없다. 이것이 오랜 세월을 지하에 파묻혔다가 시대도 풍속도 영 딴판인 세상인(世上人) 눈에 뜨이니 위선(爲先) 역설적으로 신기해서 얼른 보기에 교묘한 미술품 같아 보인다. 이것을 순수한 미술품으로 알고 왁자지껄들 하는 것은 가경(可驚)할 무지(無知)다.

어느 박물관에서 허다한 점수(點數)의 출토품을 연대순으로 진열해놓고 또 경향이며 여러 가지 분류 방법을 적확히 구분해서 일목요연토록 해놓은 것을 구경하고 처음으로 그런 출토품의 아름다움과 가치 있음을 느꼈다.

결국 골동품의 가치는 그런 고고학적인 요구에서 생기는 것일 것이다. 겸하여 느끼는 아름다운 심정은 즉 선조에 대한 그윽한 향수에서 오는 것이 아닐까. 역사라는 학문을 부정할 수는 없으리라. 어느 시대의 생활양식, 민속, 민속예술 등을 알고자 할 때에 비로소 골동품의 위치가 중대해지는 것이지, 그러니까 골동품은 골동품만을 모아 놓는 박물관과 병존하지 않고는 그 존재 이유가 소멸할 뿐 아니라 하등의 구실을 못한다. 같은 시대 것, 같은 경향 것을 한데 모아 놓고 봄으로 해서 과연 구체적인 역사적인 지식을 얻을 수 있는 것이지— 그러니까 물론 많을수록 좋다— 그렇지 않고 외따로 떨어진 한 파편은 원인(猿人) 피테칸트로푸스의 단 한 개의 골편처럼 너무 짐작을 세울 길에 빈곤하다. 그것을 항아리 한 개, 접시 두 조각해서 자기 침두(枕頭)에 늘어놓고 그 중에 좋은 것은 누가 알까봐 쉬쉬 숨기기까지 하는 당세 골동인 기질은 우선 아까 말한 고고학적 의의에서 가증한 일이요, 둘째 그 타기할 수전노적 사유관념이 밉다.

그러나 이 좋은 것을 쉬쉬 하는 패쯤은 양민이다. 전혀 오 전에 사서 백 원에 파는 것으로 큰 미덕을 삼는 골동가가 있으니 실로 경탄할 화폐제도의 혼란이다.

모씨는 하루 이런 이야기를 한다. — 요전에 샀던 것 깜빡 속았어. 그러나 오 원만 밑지고 겨우 다른 사람한테 넘겼지. 큰 일 날 뻔 했는 걸— 위조 골동품을 모르고 고가에 샀다가 그것이 위조라는 것을 알자 산 값에서 오 원만 밑지고 딴 사람에게 팔아 먹었다는 성공미담이다.

재떨이로 쓸 수도 없다는 점에 있어서 우선 제로에 가까운 가치 밖에 없는 한 개 접시를 위조하는 심사를 상상하기 어렵거니와 그런 귀매망량(鬼魅魍魎, 도깨비와 귀신)이 이렇게 공교(功巧)하게 골동세계를 유영하고 있거니 생각하면 소름이 끼칠 일이다. 누구는 수만 원의 명도(名刀)를 샀다가 위조라는 것을 알고 눈물을 머금고 장사를 지내 버렸다 한다. 그러나 이 가짜 항아리, 접시 나부랭이는 속은 사람이 또 속이고 또 속은 사람이 또 속이고 해서 잘하면 몇 백 년도 견디리라. 하면 그동안에 선대에는 이런 위조 골동품이 있었담네— 하고 그것마저 유서 깊은 골동품이 되고 말 것이다.

이런 타기할 괴취미 밖에 가지지 않은 분들에게 위조— 골동품일랑은 눈에 띄는 대로 때려 부수시오— 하고 권하기는커녕 골동품— 물론 이 경우에 순수한 미술품 말고 항아리 나부랭이를 말함—은 고고학적 민속학적 요구에서 박물관에 모여서만 값이 있는 것이지 그렇지 않곤 의미 없소, 허니 죄다 박물관에 기부하시오, 하고 권하면 권하는 이더러 천한 놈이라고 꾸지람을 하실 것이 뻔—하다.

-1936년 3월 〈매일신보〉

조춘점묘7 - 동심행렬(童心行列)

_이 상

*1930년대 학교에 가는 아이들의 모습을 생동감 넘치게 묘사한 글

아침길이 똑― 보통학교 학동들 등교시간하고 마주치는 고로 자연 허다한 어린이들을 보게 된다. 그네들의 일거수일투족 눈 한 번 끔벅하는 것, 말 한 마디가 모두 경이(驚異)다. 경이인 것이 우선 자신이 그런 어린이들과 너무 멀고 또 제 몸이 책보를 끼는 생활을 그만둔 지 너무 오래고 또 학교 다니는 어린 동생들도 다― 성장해서 집안이 그런 학동을 기르는 집안 분위기에서 퍽 멀어진 지가 오래 되기 때문일 것이다. 그저 먼― 꿈의 세계를 너무나 똑똑히 눈앞에 보는 것 같아서 가슴이 뿌듯할 적이 많다.

학동들은 칠팔 세로 여남은 살까지 남녀가 뒤섞인 현란한 행렬이다. 이것도 엄격한 중고교육을 받은 우리로는 경이다. 자전거가 멋모르고 좁은 골목에 들어섰다가 혼이 난다. 암만 벨이 울려도 이 아침거리의 폭군들은 길을 비켜주지는 않는다. 자전거는 하는 수 없이 하마(下馬)를 하고 또 뭐라고 중얼거려도 보나 그런 것에 귀를 기울이는 사심(邪心)이 없다. 저희끼

리 이야기가 너무나 재미있어 견딜 수가 없는 것이다. 물론 누구하고 동무도 없고 행렬에도 끼기지 못하고 화제도 없는 인물은 골목 한편 인가(人家) 담벼락에 비켜서서 이 화려한 행렬에 공손히 길을 치워주어야 한다.

우리는 구경도 못한 '란도셀(Ransel, 일본 초등학생들이 등에 매는 책가방)'이란 것을 하나씩 짊어졌다. 그것도 부럽다. 그 속에는 우리도 한 번도 가지고 놀아보지 못한 찬란한 그림책이 들었다. 십이색 '크레용'도 들었다. 불란서 근대화파들보다도 훨씬 무서운 자유분방한 그들의 자유화를 기억한다. 우리는 일생을 통하여 기어코 완전한 거짓말 속에서 시종(始終)하라는 건가 보다. 우리는 이제 시작해서 저런 자유화 한 장을 그릴 수 있을까. '란도셀'이라는 것 속에는 하고 많은 보배가 들어있다. 그러나 장난군이들 '란도셀'이란 '란도셀'이 어쩌면 모조리 헤어져 떨어져서 헌털뱅이(헌것을 속되게 이르는 말)인구.

단발이 부쩍 늘었다. 여남은 살 먹은 여학동 단발한 것은 깨끗하고 신선하고 칠팔 세 여학동 단발한 것은 인형처럼 귀엽다.

남학동들은 일제히 양복이다. 양복에다가 보통학교 아동 이외에는 이행(履行)을 불허하는 경편(輕便, 가볍고 편한) 운동화들을 신었다. 그래서는 좁은 골목 넓은 길을 살과 같이 닫고 또 한 군데 한없이 머물러서는 장난한다. 이렇게 등교시간 자체가 그네들에게는 황홀한 것이고 규정 이상의 과정인 것이다.

그 중에는 셋 혹 넷 무더기가 져서 걸어가면서 무슨 책인지 한 책에 집중되어 열중한다. 안경 쓴 학동이 드문드문 끼었다. 유리에 줄이 좍좍 간 것이

제법 근시들이다.

무에 저리 재밌을까—하고 궁금해서 흘깃 좀 훔쳐본다. 양홍(洋紅, 붉은 빛깔의 색소) 군청(群青, 짙은 남청색) 등 현란한 극채색(매우 짙은 색깔) 판의 소년잡지다. 그림은 무슨 군함 등속인가 싶다. 그러나 글자는 그저 줄이 죽죽 가 보일 뿐이지 눈에 들어오지 않는다.

보통학교 학동이 안경을 썼다는 것은 실사 해괴망측한 일이다. 일인 것이 첫째 깜찍스럽다. 하도 앙증스럽고 해서 처음에는 웃고 그만두었으나 생각해 보면 웃고 말 일이 아니다. 근시는 무슨 절름발이나 벙어리 같은 류의 그야말로 불구자라곤 할 수 없으되 불구자는 불구자다. 세상에는 치례로 금테안경을 쓰는 못생긴 백성도 있기는 있으나 '오페라글라스(오페라나 연극을 볼 때 쓰는 안경)' 비행사의 그 툭 불거진 안경 이외에 안경은 없는 게 좋다. 그것을 저런 아직 나이 들지 않은 연골 어린이들에게까지 씌우지 않으면 안 된다는 세상은 그리 고맙지 않은 세상임에 틀림없다.

예는 여러 가지 원인이 있겠으나 현대의 고도화한 인쇄술에도 트집을 아니 잡을 수 없다. 과연 보통학교 교과서만은 활자의 제한이 붙어서 굵직굵직한 것이 괜찮다. 그만만하면 선천적 근시안이 아닌 다음에는 활자 탓으로 눈을 옥질르거나(눌러 죄거나 두들겨 부수는 것) 하는 일이 없을 것 같다.

그러나 학동들이 교과서만 주무르다 그만두느냐 하면 천만에, 우선, 참고서라는 것이 대개가 구(九) '포인트' 활자로 되어 먹었다. 급기 소년잡지 등속에 이른즉슨 심지어 육호(六號) 칠(七) '포인트' 반을 사용하여 오히려 태연한 출판업자— 게다가 추악한 극채색을 덮어서 예의 학동들의 동공을 노리고 총공격의 자세를 일각도 게을리 하지는 않는다.

아직도 안경 쓴 학동보다 안 쓴 학동의 수효가 더 많은 것으로 보아 한편 괴이하기도 하나, 한편 아직 그들의 독서열이 사십도(四十度)에 이르지 않은 것을 차라리 다행히 생각하고 싶다. 누구에게라도 안경상을 추장(推奬, 권유함)하고 싶다. 오늘 같은 부덕한 활자 허무시대에 가하여 불완전한 조명장치 밖에 없는 이 땅에 늘어갈 것은 근시안뿐일 터이니 말이다.

- 1936년 3월 〈매일신보〉

산촌여정

_이 상

* 폐병으로 몸이 쇠약해진 저자가 건강을 추스르기 위해 1935년 여름 평안남도 성천에서 한 달 가량 머물면서 정형에게 보내는 편지 형식으로 쓴 글
* 1935년 9월 27일~10월 11일 〈매일신보〉 발표

1

향기로운 MJB(미국산 '커피' 상표)의 미각을 잊어버린 지도 이십여 일이나 됩니다. 이곳에는 신문도 잘 아니오고 체전부(우체부)는 이따금 '하도롱(hard-rolled paper, 다갈색 종이로 봉투나 포장지를 만듦)' 빛 소식을 가져옵니다. 거기는 누에고치와 옥수수의 사연이 적혀 있습니다. 마을 사람들은 멀리 떨어져 사는 일가 때문에 수심이 생겼나봅니다. 나도 도회에 남기고 온 일이 걱정이 됩니다.

건너편 팔봉산에는 노루와 멧돼지가 있답니다. 그리고 기우제 지내던 개골창까지 내려와서 가재를 잡아먹는 '곰'을 본 사람도 있습니다. 동물원에서 밖에 볼 수 없는 짐승, 산에 있는 짐승들을 사로잡아다가 동물원에 갖다 가둔 것이 아니라, 동물원에 있는 짐승들을 이런 산에다 내어 놓아

준 것만 같은 감각을 자꾸만 느낍니다. 밤이 되면 달도 없는 그믐 칠야(漆夜, 옻칠을 한 듯 어두운 밤)에 팔봉산도 사람이 침소로 들어가듯이 어둠 속으로 아주 없어져 버립니다.

그러나 공기는 수정처럼 맑아서 별빛만으로라도 넉넉히 좋아하는 〈누가복음〉도 읽을 수 있을 것 같습니다. 그리고 또 참별이 도회에서보다 갑절이나 더 많이 나옵니다. 하도 조용한 것이 처음으로 별들의 운행하는 기척이 들리는 것도 같습니다.

객줏집 방에는 석유 등잔을 켜놓습니다. 그 도회지의 석간과 같은 그윽한 냄새가 소년시대의 꿈을 부릅니다.

정형! 그런 석유 등잔 밑에서 밤이 이슥하도록 '호까'— 연초갑지(煙草匣紙, 담배를 싸는 종이)를 붙이던 생각이 납니다. 벼쨍이(베짱이)가 한 마리 등잔에 올라앉더니 그 연둣빛 색채로 혼곤한(정신이 흐릿하고 고달픈) 내 꿈에 마치 영어 'T'자를 쓰고 건너긋듯이 유(類) 다른 기억에다는 군데군데 '언더라인'을 하여 놓습니다. 슬퍼하는 것처럼 고개를 숙이고 도회의 여차장이 차표 찍는 소리 같은 그 음악을 가만히 듣습니다. 그러면 그것이 또 이발소 가위 소리와도 같아집니다. 나는 눈까지 감고 가만히 또 자세히 들어봅니다.

그리고 비망록을 꺼내어 머룻빛 잉크로 산촌의 시정(詩情)을 기초(起草)합니다.

그저께 신문을 찢어버린

때 묻은 흰나비

봉선화는 아름다운 애인의 귀처럼 생기고

귀에 보이는 지난날의 기사

얼마 있으면 목이 마릅니다. 자리물— 심해처럼 가라앉은 냉수를 마십니다. 석영질 광석 냄새가 나면서 폐부(肺腑)에 한란계(寒暖計) 같은 길을 느낍니다. 나는 백지 위에 싸늘한 곡선을 그리라면 그릴 수도 있을 것 같습니다.

청석(靑石) 얹은 지붕에 별빛이 나려쪼이면 한겨울에 장독 터지는 것 같은 소리가 납니다. 벌레 소리가 요란합니다. 가을이 이런 시간에 엽서 한 장에 적을 만큼씩 오는 까닭입니다. 이런 때 참 무슨 재주로 광음(光陰, 시간의 흐름)을 헤아리겠습니까? 맥박소리가 이 방 안을 방채 시계로 만들어버리고 장침과 단침(시계의 두 바늘)의 나사못이 돌아가느라고 양쪽 눈이 번갈아 간질간질합니다. 코로 기계 기름 냄새가 드나듭니다. 석유 등잔 밑에서 졸음이 오는 기분입니다.

'파라마운트(미국 영화 제작사)' 회사 상표처럼 생긴 도회 소녀가 나오는 꿈을 조금 꿉니다. 그리다가 어느 도회에 남겨 두고 온 가난한 식구들을 꿈에 봅니다. 그들은 포로들의 사진처럼 나란히 늘어섭니다. 그리고 내게 걱정을 시킵니다. 그러면 그만 잠이 깨어버립니다.

죽어버릴까 그런 생각을 하여 봅니다. 벽 못에 걸린 다 해어진 내 저고리를 쳐다봅니다. 서도천리(西道千里, 황해도와 평안도)를 나를 따라 여기와 있습니다, 그려!

2

등잔 심지를 돋우고 불을 켠 다음 비망록에 철필로 군청빛 '모'를 심어갑니다. 불행한 인구가 그 위에 하나하나 탄생합니다. 조밀한 인구가—

내일은 진종일 화초만 보고 탈지선(脫脂線)에다 '알콜'을 묻혀서 온갖 근심을 문지르리라, 이런 생각을 해봅니다. 너무나 꿈자리가 뒤숭숭해서 그러는 것입니다. 화초가 피어 만발하는 꿈, '그라비아'(사진 제판에 사용되는 인쇄법) 원색판 꿈, 그림책을 보듯이 즐겁게 꿈을 꾸고 싶습니다. 그러면 간단한 설명을 위하여 상쾌한 시를 지어서 칠(七) '포인트' 활자로 배치하는 것도 좋습니다.

도회에 화려한 고향이 있습니다. 활엽수만으로 된 산이 고향의 시각을 가려 버린 이 산촌에 팔봉산 허리를 넘는 철골전신주가 소식의 제목만을 부호로 전하는 것 같습니다.

아침에 별에 시달려서 마당이 부스럭거리면 그 소리에 잠을 깹니다. 하루라는 '짐'이 마당에 가득한 가운데 새빨간 잠자리가 병균처럼 활동입니다. 끄지 않고 잔 석유 등잔에 불이 그저 켜진 채 소실된 밤의 흔적이 낡은 조끼 '단추'처럼 남아 있습니다. 작야(어젯밤)를 방문할 수 있는 '요비링(초인종)'입니다. 지난밤의 체온을 방 안에 내어던진 채 마당에 나서면 마당

한 모퉁이에는 화단이 있습니다. 불타오르는 듯한 맨드라미꽃 그리고 봉선화. 지하에서 빨아올리는 이 화초들의 정열에 호흡이 더워오는 것 같습니다. 여기 처녀 손톱 끝에 물들을 봉선화 중에는 흰 것도 섞였습니다. 흰 봉선화도 붉게 물들까— 조금 이상스러울 것 없이 흰 봉선화는 꼭두서니 빛으로 곱게 물듭니다.

수수깡 울타리에 '오렌지' 빛 여주가 열렸습니다. 당콩 넝쿨과 어우러져서 '세피아' 빛을 배경으로 하는 일 폭의 병풍입니다. 이 끝으로는 호박넝쿨 그 소박하면서도 대담한 호박꽃에 '스파르타' 식 꿀벌이 한 마리 앉아 있습니다. 농황색에 반영되어 '세실. B. 데밀(미국의 유명한 영화감독으로 〈십계〉, 〈삼손과 데릴라〉 등을 만듦)'의 영화처럼 화려하며 황금색으로 치사(사치와 같은 말)합니다. 귀를 기울이면 '르넷산스(르네상스)' 응접실에서 들리는 선풍기 소리가 납니다.

야채 '사라다'에 놓이는 '아스파라가스' 잎사귀 같은 또 무슨 화초가 있습니다. 객줏집 아이에게 물어봅니다. '기상꽃'— 기생화(妓生花)란 말입니다. 무슨 꽃이 피나— 진홍 비단꽃이 핀답니다.

선조가 지정하지 아니한 '조셋트(우아한 여름 옷감)' 치마에 '외스트민스터(영국 담배 이름)' 궐련을 감아놓은 것 같은 도회의 기생의 아름다움을 연상하여 봅니다. 박하보다도 훈훈한 '리그레 추윙껌(미국 껌 이름)' 냄새 두꺼운 장부를 넘기는 듯한 그 입맛 다시는 소리— 그러나 아마 여기 필 기생꽃은 분명히 혜원(화가 '신윤복'의 호) 그림에서 보는 것 같은— 혹은 우리가 소년시대에 보던 떨떨 인력거에서 홍일산(붉은색 양산) 받은 지금은 지난날의 삽화인 기생일 것 같습니다.

청둥호박(겉이 단단하고 씨가 잘 여문 호박)이 열렸습니다. 호박꽃 자리에 무시루떡— 그 훅훅 끼치는 구수한 김에 좇아서 증조할아버지의 시골뜨기 망령들은 정월 초하룻날 한식날 오시는 것입니다. 그러나 저 국가백년의 기반을 생각하게 하는 넓적하고도 묵직한 안정감과 침착한 색채는 '럭비' 공을 안고 뛰는 이 '제너레숀(generation)'의 젊은 용사의 굵직한 팔뚝을 기다리는 것도 같습니다.

유자가 익으면 껍질이 벌어지면서 속이 비져 나온답니다. 하나를 따서 실 끝에 매어서 방에다가 걸어둡니다. 물방울 져 떨어지는 풍염(豊艶)한 미각 밑에서 연필같이 수척하여 가는 이 몸에 조금씩 조금씩 살이 오르는 것 같습니다. 그러나 이 야채도 과실도 아닌 '유머러스'한 용적에 향기가 없습니다. 다만 세숫비누에 한 겹씩 한 겹씩 해소되는 내 도회의 육향(肉香)이 방 안에 배회할 뿐입니다.

3

팔봉산 올라가는 초경(草徑, 수풀로 덮인 지름길) 입구 모퉁이에 최OO 송덕비와 또 OOOO 아무개의 영세불망비(永世不忘妃)가 항공우편 '포스트'처럼 서 있습니다. 듣자니 그들은 다 아직도 생존하여 계시다 합니다. 우습지 않습니까.

교회가 보고 싶었습니다. 그래서 '에루살렘' 성역으로부터 수만 리 떨어져 있는 이 마을의 농민들까지도 사랑하는 신 앞으로 회개하고 싶었습니다. 발길이 찬송가 소리 나는 곳으로 갑니다. 포플러나무 밑에 '염소' 한 마리를 매어 놓았습니다. 구식으로 수염이 났습니다. 나는 그 앞에 가서 그 총명한 동공을 들여다봅니다. '세룰 로이드'로 만든 정교한 구슬을 '오브라―드(oblato, 전분으로 만든 얇은 원형의 부편. 투명한 전분지)'로 싼 것 같이 맑고 투명하고 깨끗하고 아름답습니다. 도색(桃色, 복숭아 색) 눈자위가 움직이면서 내 삼정(三停, 머리와 이마의 경계 및 코끝과 턱 끝)과 오악(伍岳, 이마·코·턱·좌우 관골)이 고르지 못한 빈상(貧相, 가난한 관상)을 업신여기는 중입니다.

옥수수 밭은 일대 관병식(觀兵式, 군대의 행진을 지켜보는 예식)입니다. 바람이 불면 갑주(甲胄, 갑옷과 투구) 부딪치는 소리가 우수수 납니다. '카―마인(carmine, 연지벌레에서 뽑아 낸 홍색 안료)' 빛 꼭구마(꼬고마, 군인이 벙거지에 꽂던 붉은 털)가 뒤로 휘면서 너울거립니다. 팔봉산에서 총소리가 들렸습니다. 장엄한 예포소리가 분명합니다. 그러나 그것은 내 곁에서 소조(小鳥, 작은새)의 간을 떨어뜨린 공기총소리였습니다. 그러면 옥수수 밭에서 백·황·흑·회, 또 백, 가지각색의 개가 퍽 여러 마리 열을 지어서 걸어 나옵니다. '센슈얼'한 계절의 흥분이 이 '코삭크(cossack, 카자흐의 영어식 이름)' 관병식을 한층 더 화려하게 합니다.

산삼이 풀어져 흐르는 시내 징검다리 위에는 백채(白菜, 하얀 야채) 씻은 자취가 있습니다. 풋김치의 청신(淸新, 푸릇푸릇하고 풋풋한)한 미각이 안약 '스마일'을 연상시킵니다. 나는 그 화성암으로 반들반들한 징검다리 위에 삐뚤어진 N자로 쪼그리고 앉았노라면 시야에 물동이를 이고 주저하는 두 젊은 새악시가 있습니다. 나는 미안해서 일어나기는 났으면서도 일부러 마주 보면서 그리로 걸어갑니다. 스칩니다. '하도롱'빛 피부에서 푸성귀 냄새가 납니다. '코코아'빛 입술은 머루와 다래로 젖었습니다. 나를 아니 보는 동공에는 정제된 창공이 '간쓰메(통조림의 일본어)'가 되어 있습니다.

M백화점 '미소노(1930년대 일제 화장품 이름)' 화장품 '스윗걸(sweet girl)'이 신은 양말은 이 새악시들의 피부색과 똑같은 소맥(밀) 빛이었습니다. 삐뚜름히 붙인 초유선형 모자 고양이 배에 '화—스너(fastener, 지퍼나 클립고 같이 분리되어 있는 것을 잠그는 데 쓰는 기구의 총칭)를 장치한 가붓한(가벼운) '핸드백'— 이렇게 도회의 참신하다는 여성들을 연상하여 봅니다. 그리고 새벽 '아스팔트'를 구르는 창백한 공장소녀들의 회충과 같은 손가락을 연상하여 봅니다. 그 온갖 계급의 도회 여인들의 연약한 피부 위에는 그네들의 빈부를 묻지 않고 온갖 육중한 지문을 느끼지 않습니까.

4

그러나 가난하나마 무명같이 튼튼한 피부 위에 오점이 없고 '추윙껌', '초

콜레이트' 대신에 응어리는 빼어먹고 달절지근한 꼬아리(꽈리)를 불며 숭굴숭굴한 이 시골 새악시들을 더 나는 끔찍이 알고 싶습니다. 축복하여 주고 싶습니다. 교회는 보이지 않습니다. 도회인의 교활한 시선이 수줍어서 수풀 사이로 숨어버리고 종소리의 여운만이 근처에 냄새처럼 남아서 배회하고 있습니다. 혹 그것은 안식을 잃은 내 혼이 들은 바 환청에 지나지 않았는지도 모릅니다.

조밭 한복판에 높은 뽕나무가 있습니다. 뽕 따는 새악시가 전공부(電工夫)처럼 높이 나무 위에 올랐습니다. 순백의 가장 탐스러운 과실이 열렸습니다. 둘이서는 나무에 오르고 하나이 나무 밑에서 다랭이(대야)를 채우고 있습니다. 한두 잎만 따도 다랭이가 철철 넘는 민요의 무대면(舞臺面)입니다.

조 이삭은 다 말라 죽었습니다. '콜크'처럼 가벼운 이삭이 근심스럽게 고개를 숙였습니다. 오— 비야, 좀 오려무나. 해면처럼 물을 빨아들이고 싶어 죽겠습니다. 그러나 하늘은 금한 듯이 구름이 없고 푸르고 맑고 또 부숭부숭하니 깊지 못한 뿌리의 SOS의 암반 아래를 흐르는 지하수에 다다르겠습니다.

두 소년이 고무신을 벗어들고 시냇물에 발을 잠가 고기를 잡습니다. 지상의 원한이 스며 흐르는 정맥— 그 불길하고 독한 물에 어떤 어족이 살고 있는지— 시내는 대지의 신열을 뚫고 벌판 기울어진 방향으로 흐르고 있습니다. 그것은 가을의 풍설(風說)입니다.

가을이 올 터인데 와도 좋으냐고 쏘근쏘근(소근소근)하지 않습니까. 조

이삭이 초례청 신부가 절할 때 나는 소리같이 부수수 구깁니다. 노회한 바람이 조 잎새에게 난숙(欄熟, 너무 익음)을 최촉(催促, 재촉)하는 것입니다. 그러나 조의 마음은 푸르고 초조하고 어립니다.

조밭을 어지러뜨린 자는 누구냐— 기왕 한 될 조여든— 그런 마음으로 그랬나요? 몹시 어지러뜨려 놓았습니다. 누에— 호호(戶戶, 집집)에 누에가 있습니다. 조 이삭보다도 굵직한 누에가 삽시간에 뽕잎을 먹습니다. 이 건강한 미각은 왕후와 같이 존경스러우며 치사(侈奢, 사치와 같은 말)스럽습니다. 새악시들은 뽕 심부름하는 것으로 몸의 마지막 광영을 삼습니다. 그러나 뽕이 떨어졌습니다. 온갖 폐백이 동이 난 것과 같이 새악시들의 정열은 허둥지둥하는 것입니다.

야음을 타서 새악시들은 경장(輕裝, 가벼운 옷차림)으로 나섭니다. 얼굴의 홍조가 가리키는 방향으로— 뽕나무에 우승배가 놓여 있습니다. 그리로만 가면 되는 것입니다. 조밭을 짓밟습니다. 자외선에 맛있게 불태운 새악시들의 발이 그대로 조 이삭을 무찌르고 '스크럼(srcum)'입니다. 그리하여 하늘에 닿을 지성이 천고마비 잠실(누에가 있는 방) 안에 있는 성스러운 귀족가축들을 살찌게 하는 것입니다. '코렛트 부인(프랑스의 여류 소설가'의 〈빈묘(牝猫, 암고양이〉를 생각하게 하는 말캉말캉한 '로맨스'입니다.

5

간이학교 곁집 길가에서 들여다 보이는 방에 틀이 떠들고 있습니다. 편발처녀(머리를 땋아 내린 처녀)가 맨발로 기계를 건드리고 있습니다. 그러면 기계는 허리를 스치는 가느다란 실이 간지럽다는 듯이 깔깔깔깔 대소하는 것입니다. 웃으며 지근대며 명산 OO명주가 짜져서 나오니 열댓 자 수건이 성묘 갈 때 입을 때때를 만들고 시집살이 설움을 씻어주고 또 꿈과 꿈을 말소하는 쓰레받기도 되고— 이렇게 실없는 내 환희(幻戱)입니다.

담뱃가게 곁방 안에는 오늘 황혼을 미리 가져다 놓았습니다. 침침한 몇 '가론(gallon)'의 공기 속에 생생한 침엽수가 울창합니다. 황혼에만 사는 이민 같은 이국초목에는 순백의 갸름한 열매가 무수히 열렸습니다. 고치— 귀화한 '마리아'들이 최신 지혜의 과실을 단려(端麗, 단정하고 아름다운)한 맵시로 따고 있습니다. 그 아들의 불행한 최후를 슬퍼하며 '크리스마스트리'를 헐어 들어가는 '피에다(Pieta, 예수의 시체를 안고 슬퍼하는 마리아상) 화폭 전도입니다.

학교 마당에는 '코스모스'가 피어 있고 생도들은 글을 배우고 있습니다. 그들은 열심히 간단한 산술을 놓아 그들의 정직과 순박을 지혜와 교활로 환산하고 있습니다. 탄식할 이식산(利息算, 이자 계산)이 아니겠습니까. 족보를 찢어 버린 것과 같은 흰 나비 두어 마리 백묵냄새 나는 화단 위에서 번복(飜覆, 고치거나 바꾸는 일)이 무상합니다. 또 연식 '테니스' 공의 마개 뽑는 소리가 음향의 흔적이 되어서는 등고선의 각점 모양으로 남아 있는 것 같습니다. 이 마당에서 오늘 밤에 금융조합 선전 활동사진회가 열립니다. 활동사진? 세기의 총아— 온갖 예술 위에 군림하는 '넘버' 제8예술의 승리. 그 고답적이고도 탕아적인 매력을 무엇에다 비하겠습니까? 그러나 이곳 주민들은 활동사진에 대하여 한낱 동화적인 꿈을 가진 채 있습니다. 그림이 움직일 수 있는 이것은 참 홍모(紅毛, 붉은 머리) 오랑캐의 요술을 배워가지고 온 것 같으면서도 같지 않은 동포의 부러운 재간입니다.

활동사진을 보고 난 다음에 맛보는 담백한 허무— 장주(莊周, 장자)의 호접몽이 이러하였을 것입니다. 나의 동글납작한 머리가 그대로 '카메라'가 되어 피곤한 '더블렌즈(double lens)'로 나마 몇 번이나 이 옥수수 무르익어가는 초추(初秋, 초가을)의 정경을 촬영하였으며 영사하였던가— '플래쉬백(flashback, 영화에서 과거를 회상하는 장면)'으로 흐르는 엷은 애수— 도회에 남아 있는 몇 고독한 '팬'에게 보내는 단장(斷腸, 애를 끊는)의 '스틸(still, 영화 장면을 사진기로 찍어 확대 인화한 사진)'이다.

6

밤이 되었습니다. 초열흘 가까운 달이 초저녁이 조금 지나면 나옵니다. 마당에 멍석을 펴고 전설 같은 시민이 모여듭니다. 축음기 앞에서 고개를 갸웃거리는 북극 '펭귄' 새들이나 무엇이 다르겠습니까. 짧고도 기다란 인생을 적어 내려갈 편전지(便箋紙, 편지지)— '스크린'이 박모(薄暮, 땅거미)

속에서 '바이오그래피(biography, 전기)'의 예비표정입니다. 내가 있는 건너편 객줏집에 든 도회풍 여인도 왔나봅니다. 사투리의 합창이 마당 안에서 들립니다.

시작입니다. 부산 잔교(棧橋, 부두에서 선박에 걸쳐놓아 화물을 싣고 부리거나 선객이 오르내리게 된 다리)가 나타납니다. 평양 모란봉입니다. 압록강 철교가 역사적으로 돌아갑니다. 박수와 갈채— 태서(泰西, '서양'의 옛날식 표기)의 명감독이 바야흐로 안색(顏色)이 없습니다. 십분 휴식시간에 조합 이사의 통역부 연설이 있었습니다.

달은 구름 속에 있습니다. 금연—이라는 느낌입니다. 연설하는 이사 얼굴에 전등의 '스포트라이트(spotlight)'도 비쳤습니다. 산천초목이 다 경동할 일입니다. 전등— 이곳 촌민들은 OO행 자동차 '헤드라이트' 외에 전등을 본 일이 없습니다. 그 눈이 부시게 밝은 광선 속에서 창백한 이사는 강단(降壇, 단상에서 내려옴)하였습니다. 우매한 백성들은 이 이사의 웅변에 한 사람도 박수치지 않았습니다. — 물론 나도 그 우매한 백성 중의 하나일 수밖에 없었습니다만—

밤 열한시나 지나서 영화감상의 밤은 '해피엔드'였습니다. 조합원들과 영사기사는 이 촌 유일의 음식점에서 위로회를 열었습니다. 나는 객사로 돌아와서 죽어가는 등잔심지를 돋우고 독서를 시작하였습니다. 그것은 이웃 방에 묻고 계신 노신사께서 내 나타(懶惰, 게으름)와 우울을 훈계하는 뜻으로 빌려주신 고우다 로한(幸田露伴) 박사의 지은 바 〈人의 道〉라는 진서(珍書, 귀중한 책)입니다. 개가 멀리서 끊일 사이 없이 이어 짖어댑니다. 그윽한 '하이칼라' 방향(芳香, 꽃다운 향기, 좋은 냄새)을 못잊어 군중은 아직도 헤어지지 않았나 봅니다.

구름이 걷히고 달이 나왔습니다. 버래(벌레)가 무도회의 창문을 열어놓은 것처럼 와짝 요란스럽습니다. 알지 못하는 노방(路傍, 길가)의 인(人)을 사색하는 도회인적인 향수가 있습니다. 신간잡지의 표지와 같이 신선한 여인들— '넥타이'와 동갑인 신사들 그리고 창백한 여러 동무들 - 나를 기다리지 않는 고향— 도회에 내 나체의 말씀을 번안하여 보내주고 싶습니다. 잠 - 성경을 채자(採字, 좋은 글을 가려 뽑음)하다가 엎질러 버린 인쇄 직공이 아무렇게나 주워 담은 지리멸렬한 활자의 꿈 나도 갈가리 찢어진 사도가 되어서 세 번 아니라 열 번이라도 굶는 가족을 모른다고 그럽니다.

근심이 나를 제한 세상보다 큽니다. 내가 갑문(閘門, 수문)을 열면 폐허가 된 이 육신으로 근심의 조수가 스며들어 옵니다. 그러나 나는 나의 '메소이스트' 병마개를 아직 뽑지는 않습니다. 근심은 나를 싸고돌며 그리는 동안에 이 육신은 풍마우세(風磨雨洗, 바람에 닦이고 비에 씻겨나감)로 저절로 다 말라 없어지고 말 것입니다.

밤의 슬픈 공기를 원고지 위에 깔고 창백한 동무에게 편지를 씁니다. 그 속에는 자신의 부고(訃告, 죽음을 알림)도 동봉하여 있습니다.

-1935년 9월 27일~10월 11일 〈매일신보〉

행복

_이 상

*작가의 경험을 바탕으로 한 자전적 내용
*1936년 10월 〈여성〉 발표

달이 천심(天心)에 왔으니 이만하면 족하다. 물(潮)은 아직 좀 덜 들어온 것 같다. 축인 모래와 마른 모래의 경계선이 월광 아래 멀리 아득하다. 찰락찰락— 한 여남은 미터는 되나 보다. 단애(斷崖) 바위 위에 우리 둘은 걸터앉아 그 한 순간을 기다리고 있다.

"자, 인제 일어나요."

마흔아홉 개 꽁초가 내 앞에 무슨 푸성귀 싹처럼 헤어져 있다. 나머지 담배가 한 대 탄다. 요것이 다 타는 동안에 내가 최후의 결심을 할 수 있어야 한단다.

"자, 어서 일어나요."

선이도 일어났고, 인제는 정말 기다리던 그 순간이라는 것이 닥쳐왔나 보다. 나는 선이 머리를 걷어 치켜 주면서,

"겁이 나나?"

"아—뇨."

"좀 춥지?"

"어떤가요?"

입술이 뜨겁다. 쉰 개째 담배가 다 탄 까닭이다. 인제는 아무리 하여도 피할 도리가 없다.

"자, 그럼 꼭 붙들어요."

"꼭 붙드세요."

행복의 절정을 그냥 육안으로 넘긴다는 것이 내게는 공포였다. 이 순간 이후 내 몸을 이 지상에 살려둘 수 없다. 그렇다고 선이를 두고 가는 수도 없다.

그러나—

뜻밖에도 파도가 높았다. 이런 파도 속에서도 우리 둘은 떨어지지 않았다. 떨어지지 않고 어느 만큼이나 우리는 떠돌아 다녔던지 드디어 피로가 왔다—

죽기 전.

이렇게 해서 죽나보다. 우선, 선이 팔이 내 목에서부터 풀려 나갔다. 동시에 내 팔은 선이 허리를 놓쳤다. 그 순간 물 먹은 내 귀가 들은 선이 단말마(斷末魔, 숨이 끊어질 때 내는 짧은 비명)의 부르짖음.

"○○씨!"

이것은 과연 내 이름은 아니다.

나는 순간 그 파도 속에서도 정신이 번쩍 났다. 오냐, 그렇다면—

나는 죽어서는 안 된다.

나는 마지막 힘을 내어 뒷발을 한 번 탕 굴러보았다. 몸이 소스라친다. 목이 수면 밖으로 나왔을 때 아까 둘이 앉았던 바위가 눈앞에 보였다. 파도는 밀물이라 해안을 향해 친다. 그래 얼마 안 가서 나는 바위 위로 기어오를 수 있었다. 나는 그냥 뒤도 안 돌아보고 걸어가 버리려다 문득,

'선이를 살려야 하느니라.'

하는 악마의 묵시를 받지 않을 수 없었다. 월광에 오르내리는 검은 한 점, 내가 척 늘어진 선이를 안아 올렸을 때 선이 몸은 아직 따뜻하였다.

오호, 너로구나.

너는 네 평생을 두고 내 형상 없는 형벌 속에서 불행하리라. 해서 우리 둘은 결혼하였던 것이다.

규방에서 나는 신부에게, 행형(行刑)하였다.

어떻게?

가지가지 행복의 길을 가지가지 교재를 가지고 가르쳤다. 물론 내 포옹의 다정한 맛도.

그러나 선이가 한 번 미엽(媚靨)을 보이려 드는 순간 나는 영상(嶺上)의 고목처럼 냉담하곤 하곤 하는 것이다. 규방에는 늘 추풍이 소조히 불었다.

나는 이런 과로 때문에 무척 야위었다. 그러면서도 내 눈이 충혈한 채 무엇인가를 찾는다. 나는 가끔 내게 물어 본다.

'너는 무엇을 원하느냐? 복수? 천천히, 천천히 하여라. 네 운명하는 날에야 끝날 일이니까.'

'아니야! 나는 지금 나만을 사랑할 동정(童貞)을 찾고 있지, 한 남자 혹 두 남자를 사랑한 일이 있는 여자를 나는 사랑할 수 없어. 왜? 그럼 나더러 먹다 남은 형해(形骸)에 만족하란 말이람?'

'허— 너는 잊었구나? 네 복수가 필(畢)하는 것이 네 낙명(落命)의 날이라는 것을. 네 일생은 이미 네가 부활하던 순간부터 제단 위에 올려 놓여 있는 것을 어쩌누?'

그만해도 석 달이 지났다. 형리(刑吏)의 심경에도 권태가 왔다.

'싫다. 귀찮아졌다. 나는 한 번만 평민으로 살아 보고 싶구나. 내게 정말 애인을 다오.'

마호메트의 것은 마호메트에게로 돌려보내야 할 것이다. 일생을 희생하겠다던 장도(壯圖)를 나는 석 달 동안에 이렇게 탕진하고 말았다.

"당신처럼 사랑한 일은 없습니다."라든가, "당신만을 사랑하겠습니다."라든가 하는 그 여자의 말은 첫사랑 이외의 어떤 남자에게 있어서도 '인사' 정도에 지나지 않는다는 것을 잊어서는 안 된다.

"내 만났지."

"누구를요?"

"○○."

"네— 그래, 결혼했대요?"

그것이 이렇게까지 선이에게는 몹시 걱정이 된다. 될 것이다. 나는 사실,

"아니 혼자던데, 여관에 있다던데."

"그럼, 결혼 아직 안 했군, 그래. 왜 안 했을까?"

슬픈 선이의 독백이여!

"추물이야, 살이 띵띵 찐 게."

"네? 거, 그렇게까지 조소하려 들진 마세요. 그래도 당신네들 보다는 얼마나 인간미가 있는데 그래요. 그저 좀 인간이 부족하다 뿐이지."

나는 거기서 더 입이 떨어지지 않았다. 그만 후회도 났다.

물론 선이는 내 선이 아니다. 아닐 뿐만 아니라 ○○를 사랑하고 그 다음 ○를 사랑하고 그 다음—

그 다음에 지금 나를 사랑한다……는 체하여 보고 있는 모양 같다. 그런데 나는 선이만을 사랑한다. 그러니까 우리는—

어떻게 해야만 좋을까까지 발전한 환술(幻術)이 뚝 천장을 새어 떨어지는 물방울에 와르르 무너져 버렸다. 창밖에서는 빗소리가 내 나태를 이러니저러니 하고 시비하는 것 같은 벌써 새벽이다.

-1936년 10월 〈여성〉

봄에 부는 바람, 바람 부는 봄

작은 가지 흔들리는 부는 봄바람

내 가슴 흔들리는 바람, 부는 봄

봄이라 바람이라 이 내 몸에는

꽃이라 술잔(盞)이라 하며 우노라.

_ **김소월, 〈바람과 봄〉**

5월의 산골짜기

_김유정

*본래제목은 〈5월의산골작이〉로김유정의고향실레마을의봄풍경을묘사하고있다.

*1936년 〈조광〉 6월호 발표

나의 고향은 저 강원도 산골이다. 춘천읍에서 한 20리 가량 산을 끼고 꼬불꼬불 돌아 들어가면 내닫는 조그마한 마을이다. 앞뒤 좌우에 굵직굵직한 산들이 빽 둘러섰고 그 속에 묻힌 아늑한 마을이다. 그 속에 묻힌 모양이 마치 움푹한 떡시루 같다고 해서 동명을 '실레'라고 부른다. 집이라야 대부분 쓰러질 듯한 헌 초가요, 그나마도 50여 호 밖에 안 되는 말하자면 아주 빈약한 촌락이다. 그러나 산천의 풍경으로 따지면 하나 흠잡을 데 없는 귀여운 전원이다. 산에는 기화요초(琪花瑤草, 옥같이 고운 풀에 핀 구슬같이 아름다운 꽃)로 바닥을 틀었고, 여기저기에 졸졸거리며 내솟는 약수도 맑고, 그리고 우리의 머리 위에서 골골거리며 까치와 시비를 하는 노란 꾀꼬리도 좋다.

주위가 이렇게 시적(詩的)이니 만큼 사람들의 생활도 어디인가 시적이다. 어수룩하고 꾸물꾸물 일만 하는 그들을 대하면 딴 세상 사람을 보는 듯하다.

벽촌이라 교통이 불편함으로 현 사회와 거래가 드물다. 편지도 나달에 한 번씩 밖에 안 온다. 그것도 배달부가 자전거로 이 산골짝까지 오기가 괴로워서 도중에 마을사람을 만나면 편지 좀 전해달라고 부탁하고는 도로 가기도 한다.

이렇게 도회와 인연이 멀음으로 그 인심도 그리 야박(野薄)지가 못하다. 물론 극히 궁한 생활이 아닌 것도 아니나, 그들은 아직 악착(齷齪)한 행동을 모른다. 그 증거로 아직 내 기억에는 상해사건으로 마을의 소동을 일으킨 적이 없다.

그들이 모여서 일하는 것을 보아도 퍽 우의적(友誼的)이요, 유쾌하기 그지없다.

5월쯤 되면 농가는 한창 바쁠 때다. 밭의 일도 급하거니와 논에 모도 내야 하기 때문이다. 하지만 그에 앞서 논에 거름을 할 갈(거름으로 사용하는 풀의 종류)이 필요하다. 갈을 꺾는 데는 갈잎이 알맞게 퍼드러졌을 때, 그리고 쇠기 전에 부랴사랴 꺾어내려야 한다.

이러한 경우에는 일시에 많은 품이 든다. 이에 여남은씩 한 떼가 되어 돌려가며 품앗이로 일을 한다. 이것은 일의 권태를 잊게 할 뿐만 아니라 일의 능률까지 오르게 한다.

갈 때가 되면 산골에서는 노유(老幼, 어린이와 아이)를 막론하고 무슨 명절이나 된 것처럼 공연히 기꺼웁다(기뻐한다). 왜냐면 갈꾼을 위하여 막걸리며, 고등어, 콩나물, 두부에 이밥(쌀밥)— 이렇게 별식(別食)이 벌어지기 때문이다.

농군하면 얼뜬(얼른) 앉은 자리에서 밥 몇 그릇씩 해치우는 탐식가로 정평이 났다. 사실 갈을 꺾을 때 그들이 먹는 식품은 놀라운 것이다. 그리고 그렇게 먹지 않으면 몸이 감당하지 못할 정도로 일 역시 고되다. 높고 큰 산을 헤매며 갈을 꺾어서 한 짐 잔뜩 지고 오르내리자면 방울땀이 떨어지니 여느 일과 노동의 강도가 다르다. 그러니만큼 산골에서는 갈꾼만은 특히 잘 먹이고 잘 대접하는 법이다.

개동(開東, 해가 뜰 때)부터 어두울 때까지 그들은 밥을 다섯 끼를 먹는다. 다시 말하면, 조반(朝飯), 점심(點心) 겨누리(농사꾼이나 일꾼들이 끼니 외에 참참이 먹는 음식의 강원도 방언), 점심, 저녁 겨누리, 저녁 — 이렇게 여러 번 먹는다. 게다가 참참이 먹는 막걸리까지 친다면 하루에 무려 여덟 번을 식사하는 셈이다. 그것도 감투밥(밥그릇 위로 수북이 솟아오르도록 가득 담은 밥)으로 쳐올려 담은 큰 그릇의 밥사발로 말이다.

"아, 잘 먹었다. 이렇게 먹어야 허리가 안 휘어—"

이것이 그들이 가진 지식이다. 과로하여 허리가 아픈 것을 모르고 먹은 밥이 삭어서 창자가 홀쭉하니까 허리가 휘는 줄로만 안다. 그러니까 빈창자에 연실 밥을 메워 꿋꿋이 만들어야 허리도 펴질 것으로 알고 굳이 먹는 것이다.

갈꾼들은 흔히 바깥뜰에 멍석을 펴고 쭉 둘러앉아서 술이고, 밥이고, 함께 즐긴다. 어쩌다 동네사람이 그 앞을 지나가게 되면 그들을 손짓으로 부른다.

"여보게 이리와 한 잔하게—"

"밥이 따스하니 한 술 뜨게유—"

이렇게 옆 사람을 불러서 같이 음식을 나누는 것이 그들의 예의다. 어떤 사람은 아무개 집의 갈을 꺾는다고 하면 일부러 찾아와 제몫을 당당(堂堂)이 보고 가는 이도 있다.

나도 고향에 있을 때 갈꾼에게 여러 번 얻어먹었다. 그 막걸리의 맛도 좋거니와 웅게중게(옹기종기) 모여 한 가족같이 주고받는 그 기분만도 몹시 즐겁다. 산골이 아니면 보기 어려운 귀여운 단란(團欒)이다.

그리고 산골에는 잔디도 좋다. 산비알(산비탈)에 포근히 깔린 잔디는 저절로 침대가 된다. 그 위에 바둑이와 같이 벌룽 자빠져서 묵상하는 재미도 좋다. 여길 보아도 저길 보아도 우뚝우뚝 서 있는 모조리 푸른 산이매 잡음 하나 들리지 않는다.

이런 산속에 누워 생각하자면 비로소 자연의 아름다움을 고요히 느끼게 된다. 머리 위로 날아드는 새들도 갖가지다. 어떤 놈은 밤나무 가지에 앉아서 한 다리를 바짝 들고는 기름한 꽁지를 휘휘 내두르며,

'삐—죽! 삐—죽!'

이렇게 노래를 부른다.

그러면 이번에는 하얀 새가

'빼!' 하고 날아와 앉아서는 고개를 까땍까땍(까딱까딱) 하다가 도루 '빼!' 하고 달아난다. 혹은 나무줄기를 쪼며 돌아다니는 딱따구리도 있고. 그러나 떼를 지어 푸른 가지에서 유희를 하며 지저귀는 꾀꼬리도 몹시 귀

엽다.

산골에는 초목의 냄새까지도 특수하다. 더욱이 새로 난 잎이 한창 퍼드러질 임시하야 바람에 풍기는 그 향취는 일필(一筆)로 형용(形容)하기 어렵다. 말하자면 개운한 그리고 졸음을 청(請)하는 듯한 그런 나른한 향기다. 일종의 선정적(煽情的) 매력을 느끼게 하는 짙은 향기다.

뻐꾸기도 이 냄새에는 민감한 모양이다. 이때부터 하나둘 울기 시작하기 때문이다.

한 해만에 뻐꾸기 울음을 처음 들을 때처럼 반가운 일은 없다. 우울하고 구슬픈 그 울음을 들으면 가뜩이나 한적한 마을이 더욱 느러지게(여기저기 널려 있는 모양) 보인다.

다른 곳은 논이나 밭을 갈 때 노래가 없다고 한다. 그러나 산골에는 소 모는 노래가 따로 있어 논밭 일에 소를 부릴 때면 의레히 그 노래를 부른다. 소들도 세련(洗鍊, 서투르거나 어색한 데 없이 능숙하게 잘 다듬어져 있는 모양)이 되어 주인이 부르는 그 노래를 잘 이해하고 있다. 그래서 노래대로 좌우로 방향을 바꾸기도 하고, 또는 보조 속도를 느리고 주리고, 순종하기도 한다.

먼발치에서 소를 몰며 처량히 부르는 그 노래도 좋다.

이것이 모두 산골이 홀로 가질 수 있는 성스러운 음악이다.

산골의 음악으로 치면 물소리도 뺄 수 없으리라. 쫄쫄 내솟는 샘물 소리도 좋고, 또 촐랑촐랑 흘러내리는 시내도 좋다. 그러나 세차게 콸콸 쏠려 내리는 큰 내를 대하면 정신이 번쩍 든다.

논에 모를 내는 것도 이맘 때다. 시골에서는 모를 낼 때면 새로운 희망으로 가득하다. 그들은 즐거운 노래를 불러가며 한 포기 모를 심고 가을의 수확을 연상한다. 농군에게 있어서 모는 그야말로 자식과 같이 귀중한 물건이다. 모를 내고 나면 그들은 그것만으로도 한 해의 농사를 다 지은 듯 싶다.

아낙네들도 일꾼에게 밥을 해내기에 눈코 뜰 새 없이 바쁘다. 그리고 큰 함지에 담아 이고는 일터까지 나르지 않으면 안 된다. 아이들은 그 함지 끝에 줄레줄레 따라다니며 묵묵히 제몫을 요구한다.

그리고 갈 때 전후하여 송화(松花, 소나무 꽃가루)가 한창이다. 바람이라도 세게 불 때면 시내 면(面)에 송홧가루가 노랗게 옮긴다.

아낙네들은 기회를 타서 머리에 수건을 쓰고 산으로 송화를 따러간다. 혹은 나무 위에서, 혹은 나무 아래서 서로 맞붙어 일을 하며 저이도 모를 소리를 몇 마디씩 지껄이다가 포복절도(抱腹卒倒) 할 듯이 깔깔대고 하는 것이다.

이것이 오월 경 산골의 생활이다.

산 한 중턱에 번듯이 누워 마을의 이런 생활을 내려다보면 마치 그림을 보는 듯하다. 물론 이지(理知) 없는 무식한 생활이다.

마는(그러나) 좀 더 유심히 관찰한다면 이지 없는 생활이 아니고는 맛볼 수 없을만한 그런 순결한 정서를 느끼게 된다.

내가 고향을 떠난 지 한 사 년쯤 되었다. 그 동안 얼마나 산천이 변했는지 모르겠다. 그러나 금쟁이의 화를 아직 입지 않은 곳이매, 상전벽해(桑田

碧海)의 변(變)은 없으리라.

내내 건재(健在)하기 바란다.

-1936년 〈조광〉 6월호

구비진 돌담을 돌아서 돌아서

달이 흐른다, 놀이 흐른다

하이얀 그림자

은실을 즈르르 몰아서

꿈밭에 봄마음 가고 가고 또 간다.

_ **김영랑, 〈꿈밭에 봄 마음〉**

잎이 푸르러 가시던 님이

_김유정

*김유정 특유의 토속적이고 해학적인 요소가 잘 드러난 작품
*1935년 3월 〈조선일보〉 발표

잎이 푸르러 가시던 님이
백석이 흩날려도 아니 오시네.

이것은 강원도 농군이 흔히 부르는 노래의 하나입니다. 그리고 산골이 지닌 바 여러 자랑 중의 하나라고도 볼 수 있습니다. 화창한 봄을 맞아 싱숭거리는 그 심사야 예나 이제나 다를 리 있으리까마는 그 매력에 감수(感受)되는 품이 좀 다릅니다.

일전(日前) 한 벗이 말씀하되, 나는 시골이, 한산한 시골이 그립다 합니다. 그는 본래 시인이요, 병마에 시달리는 몸이라 소란한 도시생활에 물릴 것도 당연한 일입니다. 허나, 내가 생각건대, 아마 악착스러운 이 자파(姿婆)에서 좀이나마 해탈하고자 하는 것이 그의 본의일 듯싶습니다. 그러나 그때 나는 더러워서요, 아니꼬워 못사십니다, 하고 의미 몽롱한 대화를 하였

습니다. 그리고 너무 결백한, 너무 도사류인 그의 성격에 나는 존경과 아울러 하품을 아니 느낄 수 없었습니다. 시골이란 그리 아름답고 고요한 곳이 아닙니다. 서울 사람이 시골을 동경하여 산이 있고, 내가 있고, 쌀이 열리는 풀이 있고…… 이렇게 단조로운 몽상으로 애상적 시흥에 잠길 그때 저쪽 촌뜨기는 쌀 있고, 옷 있고, 돈이 물밀 듯 질번거릴법 한 서울에 오고 싶어 몸살을 합니다.

퇴폐한 시골, 굶주린 농민, 이것은 자타 없이 주지하는 바라 이제 새삼스레 뇌일 것도 아닙니다마는 우리가 아는 것은 쌀을 못 먹는 시골이요 밥을 못 먹는 시골이 아닙니다. 굶주린 창자의 야릇한 기미는 도시 모릅니다. 만약에 우리가 본능적으로 주림을 인식했다면 곧바로 아름다운 시골, 고요한 시골이라 안 합니다.

시골의 생활감을 절실히 알려면 그래도 봄입니다. 한겨울 동안 흙방에서 복대기던 울분, 내일을 우려하는 그 췌조(悴燥), 그리고 터무니없는 야심, 이 모든 불온한 감정이 엄동에 지질려서 압축되었다 봄과 맞닥뜨려 몸이라도 나른히 녹고 보면 담박에 폭발되고 마는 것입니다. 남자란 워낙 뚝기가 좀 있어서 위험이 덜 합니다. 그것은 대체로 부녀 더욱이 파랗게 젊은 새댁에 있어서 그 예가 심합니다. 그들은 봄에 더 들떠서 방종하는 감정을 자제치 못하고 그대로 열에 띄웁니다. 물에 빠집니다. 행실을 버립니다. 나물 캐러 간다고 요리조리 핑계 대고는 바구니를 끼고 한 번 나서면 다시 돌아올 줄은 모르고 춘풍에 살랑살랑 곧장 가는 이도 한둘이 아닙니다. 그러나 붙들리면은 반쯤 죽어날 줄을 그라고 모르는 바도 아니련만…….

또 하나 노래가 있습니다.

잘 살고 못살긴 내 분복이요
하이칼라 서방님만 얻어주게유.

이것도 물론 산골이 가진 바 자랑의 하나입니다. 여기에 하이칼라 서방님이란 머리에 기름 바르고 향기 피는 매끈한 서방님이 아닙니다. 돈 있고, 쌀 있고, 또 집 있고, 이렇게 푼푼하고 유복한 서울 서방님 말입니다. 언뜻 생각할 때 에이 더러운 계집들! 에이 우스운 것들! 하고 혹 침을 뱉으실 분이 있을지는 모르나 그것은 좀 덜 생각한 것입니다. 임도 좋지만 밥도 중합니다. 농부의 계집으로서 한평생 지지리 지지리 굶다 마느니 서울 서방님 곁에 앉아 밥 먹고, 옷 입고, 그리고 잘 살아 보자는 그 이상이 가질 바 못 되는 것도 아닙니다.

임 있고, 밥 있고 이러한 곳이라야 행복이 깃듭니다.

내가 시골에 있을 제 나에게 봄을 제일 먼저 전해주는 것은 무엇보다도 술상의 다래입니다. 나는 고놈을 매우 즐깁니다. 안주로 한 알을 입에 물고 물고 꼭꼭 씹어보자면 매낀매낀한 그리고 알싸한 그 맛, 이크 봄이로군! 이렇게 직감으로 나는 철을 알게 됩니다. 뿐만 아니라 봄에 몸 달은 큰 애기, 새댁들의 남다른 오뇌를 연상케 됩니다. 나물을 뜯으러 갑네, 하고 꾀꾀 틈틈이 빠져나와 심산유곡 그윽한 숲속에 몰려 앉아서 넌지시 감춰두었던 곰방대를 서로 빨아가며 슬픈 사정을 주고받는 그들은— 차마 못하고 이럴까 저럴까 망설이는 울적한 그 심사를 연상케 됩니다. 그리고 그 노래를…….

잎이 푸르러 가시던 님
백설이 흩날려도 아니 오시네.

그러다 술이 좀 취하면 몇 해 후에는 농촌의 계집이 씨가 마른다. 그때는 알총각들만 남을 터이니, 이를 어쩌나! 제멋대로 이렇게 단정하고 부질없이 근심까지도 하는 버릇이 있습니다.

- 1935년 3월 〈조선일보〉

희생화

_현진건

*작가의 처녀작으로 "일개 무명의 산문"이라는 혹평을 받음
*1920년 〈개벽〉에 발표했던 소설 〈희생화〉에 얽힌 사연과 심경을 담은 작품

1

어머님은 우리 남매를 데리고 사직골 막바지에서 쓸쓸한 가정을 이루었다.

우리 아버지는 내가 세 살 먹던 가을에 돌아가셨다 한다. 어머님께서는 수시로 눈물을 머금고, 아버지께서 목사로 계시던 것이며, 그 열렬한 웅변이 죄 많은 사람을 감동시켜 하느님을 믿게 하던 것이며, 자기 몸은 조금도 돌아보지 아니하고 교회 일에 진심갈력(盡心竭力)하던 것을 이야기하신다. 나보다 사 년 맏이인 누님은 이 말을 들을 적마다 그 맑고 고운 눈에 눈물이 어리었다. 철모르는 나는 그 이야기보다는 어머님과 누님이 우는 것이 슬퍼서 눈물을 흘리었다.

집안은 넉넉하지는 않았지만 많지 않은 식구라 아버지가 생전에 장만하

여 주신 몇 섬지기나 추수하는 것으로 기한은 면할 수 있었다.

아버지의 감화인지는 모르나 어머님은 우리 남매를 학교에 다니게 하였다. 벌써 십 여 년 전 일이라 누님 공부시키는 데 대하여 별별 비평이 다 많았다. 그러나 어머님은 무슨 까닭에 여자에게 교육이 필요한 것인 줄은 모르셨겠지만 아마 여자도 교육시키는 것이 좋은 줄로 아신 것 같다.

2

누님은 십팔 세의 꽃 같은 처녀로 ○○학교 여자부 사년급(4학년)에 우등 성적으로 진급되고, 나도 그 학교 이년급에 진급되던 봄의 일이다.

나의 손을 붉게 하고 내 얼굴을 푸르게 하던 치위는 없어진 지 오래이다. 햇볕은 따뜻하고 바람 끝은 부드럽다. 잔디밭에는 새싹이 돋아나고 개나리와 진달래는 벌써 산야를 붉고 누르게 수(繡) 놓았다.

어느덧 버드나무 얽힌 곳에 꾀꼬리는 벗을 찾고 아지랑이 희미한 하늘에 종달새는 높이 떴다.

우리 집 뜰 앞에 심어둔 두어 나무 월계화도 '춘군(春君)의 고운 빛을 나도 받았노라' 하는 듯이 난만(爛漫)히 피었었다.

하룻날 떠오르는 선명한 햇빛이 어렴풋이 조는 듯한 아침 안개에 위황(煒煌, 환한게 빛나는)한 금색을 흩을 적에 누님은 가늘게 숨 쉬는 춘풍에 머리카락을 날리며 어리인 듯이 월계화를 바라보고 섰다. 쏘아오는 햇발이 그의 눈을 비추니 고개를 갸웃하며 한 손을 이마 위에 얹고 눈을 스르르 감더니 아직도 어슴푸레하게 조는 월계화 그늘에 몸을 숨기매 이슬 젖은 꽃송이가 누님의 뺨을 스친다. 손으로 가벼이 화판(花瓣)을 만지며 고개를 숙여 꽃을 들여다 본다…….

나도 한참 누님과 월계화를 바라보다가 학교에 갈 시간이나 아니 되었나 하고 방에 걸린 시계를 보니 아니나 다를까 벌써 시간이 다 되어 간다. 급히 건넌방에 들어가 책보를 싸 가지고 나오며,

"누님, 어서 학교에 가요. 벌써 시간이 다 되었어요."

"응, 벌써!"

하고 누님은 내 말에 놀라 돌아서더니 허둥허둥 건넌방에 들어가 책보를 싸더니 또 망연히 앉아 있다.

"어서 가요."

나는 조급히 부르짖었다. 누님은 또 한 번 놀라 몸을 일으켰다.

요사이 누님이 하는 일이 매우 이상하였다. 그 열심히 하던 공부도 책을 보다가 말고 망연히 자실하여 먼 산만 멀거니 바라보고 있을 적이 많았다. 누님이 잠은 어머님을 뫼시고 큰방에서 자되, 공부는 나를 데리고 건넌방에서 하였으므로 누님이 정신 잃고 앉아 있는 것을 여러 번 보았다.

그날 밤 새벽 한 시나 되어 잠을 깨니 갑자기 뒤가 보고 싶었다. 나는 급히 일어나 뒷간에 갔었다. 뒤를 보고 나오니 이미 이지러진 어스름 반달이 중천에 걸리어 있다. 나는 달을 치어다보며 한 걸음 두 걸음 마당 가운데로 나왔다. 뜰 앞 월계화는 희미한 달빛에 어슴푸레하게 비치는데, 꽃 사이로 하야스름한 무엇이 보인다. 자세히 보니 누님이 꽃에다 머리를 파묻고 서있

다. 그의 흰 옥양목 겹저고리가 내 눈에 뜨임이라. 왜 누님이 저기 저러고 서 있나? 온 세상이 따뜻한 봄의 탄식에 싸이어 고요히 잠든 이 밤중에 무슨 까닭으로 나와 섰나? 나는 어린 가슴을 두근거리며,

"누님, 거기서 무엇해요?"

내 소리에 깜짝 놀랐는지 몸을 움칫하더니 아무 대답이 없다. 가만가만히 가까이 가서 어깨를 가볍게 흔들었다. 숨을 급히 쉬는지 등이 들먹들먹한다. 나오는 울음을 물어 멈추는지 가늘고 떨리는 오열성(嗚咽聲)이 들린다. 나는 바싹 대들어 누님의 얼굴을 보았다.

분결같은 두 손 사이로 보이는 얼굴은 발그레 하였다. 나는 웬일인가 하고 얼굴 가린 두 손을 힘써 떼었다. 두 손은 젖어 있었다. 누님의 두 눈으로 눈물이 흘러내린다. 구슬 같은 눈물이 점점이 월계화에 떨어진다. 월계화는 그 눈물을 머금어 엷은 명주로 가린 듯한 달빛에 어렴풋이 우는 것 같다. 누님의 머리는 불덩이같이 더웠다.

"왜 안 자고 나왔니?"

하며 내 손을 밀치는 그 손은 떠는 듯하였다. 나는 목멘 소리로,

"누님, 왜 우셔요? 네?"

하고 내 눈에도 눈물이 핑 돌았다.

이슬에 젖은 꽃향기는 사랑의 노래와 같이 살근살근 가슴을 여의고 따뜻한 미풍은 연애에 타는 피처럼 부드럽게 뺨을 스쳐 지나간다. 이런 밤에 부드러운 창자에 느낌이 없으랴! 꽃다운 마음에 수심이 없으랴!

철모르는 나는,

"누님, 어서 들어가셔요."

하고 누님의 손목을 이끌었다. 맥이 종작없이 뛰는 것이 느껴졌다. 누님은 눈물을 씻으며,

"먼저 들어가거라. 나도 곧 들어갈 것이니……."라고 하였다.

"대관절 웬 일이예요? 어데 편찮으셔요?"

"아니, 공연히 마음이 뒤숭숭하구나."

하더니 한 손으로 월계화 가지를 부여잡고 이마를 팔에다 대며 흑흑 느끼어 운다.

어스름 달빛은 쓰린 이별에 우는 눈의 시선같이 몽롱하게 월계화 나무 위에 흘러 있다.

3

이틀 후 공일날 누님과 나는 창경원 구경을 갔었다.

창경원 벚꽃이 한창이란 기사가 수일 전부터 신문에 게재되고 일기도 화창하므로 구경꾼이 구름같이 모여들어 넓으나 넓은 어원(御苑)이 희도록 덮여 있다. 과연 벚꽃은 필대로 피어 동물원에서 식물원 가는 길 양편에는 만단홍금(萬段紅錦)을 펼친 듯하다.

"국주(國柱)야, 우리 동물원은 그만두고 저 잔디밭에 앉아 꽃구경이나 실컷 하자?"

누님은 찬성을 구하는 듯이 나를 들여다보며 웃는다. 나도 짐승 곁에 가니 야릇한 무슨 냄새가 나던 것을 생각하고,

"그럽시다."

라고 곧 찬성하였다.

우리는 길 옆 잔디밭 은근한 편 소나무 밑에 좌정하였다. 붉은 놀 같은 꽃다리 밑으로 지나가는 흰 옷 입은 유객들이 꽃빛에 비치어 불그스름해 보이는 것이 말할 수 없는 춘흥을 자아낸다. 어린 나도 따뜻한 듯한 부드러운 듯한 봄의 기쁨을 깨달아 웃는 낯으로 누님을 돌아보니 누님은 나직이 한숨을 쉬며 고개를 숙이더니, 푸른 풀 사이에 핀 누른 꽃을 하나 꺾어 뺨에다 대인다. 그리고 무슨 걱정이나 있는 듯이 눈살을 찌푸렸다. 나는 그날 밤에 누님이 월계화 사이에서 울던 광경을 가슴에 그리면서 유심히 누님의 행동을 살피었다.

누님이 얼굴에 수색을 띤 것이 퍽 애처로워서 무슨 이야기를 하여 누님의 흥미를 끌까 하고 곰곰 생각하며 이리저리 살피었다.

우연히 식물원 편을 바라보다가 그곳을 가리키고 누님을 흔들며,

"저기를 좀 보셔요."

하였다. 웬일인지 누님은 깜짝 놀란다. 그리고 곤한 잠을 깬 사람에게 흔히 있는 표정으로 내가 가리키는 곳을 바라본다. 거기서 우리 학교 교복을 입은 학생 하나가 이쪽으로 내려온다. 그는 우리 학교 사년급 급장이었다. 누님이 한참 멀거니 바라보다가 두 추파가 마주친 것 같다. 누님은 고개를 숙이었다. 나는 누님의 귀밑이 발그레진 것을 보았다. 누님이 내 무릎을 꼭

잡으며,

"거기 무엇이 있다고 날더러 보라고 하니?"

간신히 귀에 들리리만큼 말하였다.

"아야! 아이고, 아파요. 왜, 저 사람 모르셔요? 그이가요, 이번에 첫째로 사년급에 진급한 이야요. 공부를 썩 잘하고 또 재주가 비범하대요. 게다가 얼굴도 저렇게 잘 났겠지 뭐예요."

나는 바로 내가 그런 듯이 기뻐하면서 입에 침이 마르도록 그이를 칭찬하였다. 누님은 부끄럽게 웃으며,

"왜 내가 그를 모른다디? 사년이나 한 학교에 다녔는데…… 그래 그 사람 보라고 사람을 흔들고 야단을 했니?"

"그러면요…… 그런데요, 어저께 내가 누님보다 좀 일찍 나왔지요? 집에 오니까 어머님 친구 몇 분이 오셨는데 누님 칭찬이 야단입디다. '어쩌면 인물도 그다지 잘나고 재주도 그렇게 좋을꼬. 참 복 많이 받았습니다.' 라고요. 나는 그 말을 듣고 춤이라도 출 듯이 기뻐하였어요, 저 사람도 장하지만 누님은 더 장해요."

나는 그 사람을 너무 칭찬하여 행여나 누님이 그에게 질까 보여서 또 한참 누님을 추어 올렸다. 그러자 누님은 또 얼굴을 붉히며,

"너는 별소리를 다 하는구나, 누가 네게 칭찬 듣고 싶다디?"

우리가 이런 수작을 하는 틈에 그가 벌써 우리 앞을 지나가며 슬쩍 누님을 엿보았다 두 시선이 또 한 번 마주쳤다. 누님의 얼굴은 갑자기 다홍빛을 띠었다. 그가 중인총중(衆人叢中)에 섞이어 점점 멀어져 가는 양을 누님이

물끄러미 바라본다. 그는 나가버렸다. 누님의 눈이 이리로 도는 바람에 그 사람의 뒷모습을 보는 누님을 몰래 살피던 내 눈이 잡히었다.

"너는 남의 얼굴을 왜 그리 빤히 들여다보니?"

하고 누님의 얼굴은 또 다시 붉어졌다.

"보기는 누가 보아요?"

하고 나는 빙그레 웃었다.

4

그 이튿날 아침에 누님은 좀처럼 바르지 않던 분을 약간 바르며 더럽지도 않은 옷을 벗고 새 옷을 갈아입었다.

"네가 오늘은 웬일이냐?"

하고 어머님이 의아해 하신다. 누님이 머뭇머뭇하더니 어린애 모양으로 어머님 가슴에 안기며,

"제가 오늘은 퍽 잘나 보이지요?"

하고 웃는다. 그 웃음과 함께 누님의 얼굴에 홍조가 퍼진다. 과연 오늘은 누님이 더 어여뻐 보였다. 두 손으로 기운 없이 뒤로 큰 방문을 짚고 비스듬히 문에다 몸을 반만 실려 웃는 양이 말할 수 없이 어여뻤다. 어리인 우유에 분홍 물을 들인 듯한 두 뺨은 부풀어 오른 듯하고, 장미꽃 빛 같은 입술이 방실 벌어지며 보일 듯 말듯이 흰 이빨이 번쩍거린다. 춘산(春山)을 그린

듯한 눈썹은 살짝 위로 치어 오른 듯하며 그 밑에서 추수(秋水)같이 맑은 눈이 웃음의 가는 물결을 친다.

어머님이 누님을 보고 웃으시며,

"언제는 못났디?"

"그런데 오늘은요?"

누님이 되질러 묻는다.

"오냐, 오늘은 더 이뻐 보인다."

"어머님, 정말이야요?"

하고 누님은 또 빵긋 웃는다. 수색(羞色)에 싸인 희색(喜色)이 드러난다.

"오늘은 정말 더 이뻐 보인다. 너의 부친이 보셨던들 얼마나 기뻐하시겠니?"

하시며 어머님의 눈에는 눈물이 스르르 어리었다. 곱게 빛나던 누님의 얼굴에도 구름이 낀 것 같다. 그러나 얼마 아니 되어 그 구름이 스러지고 또 다시 기쁨과 희망의 빛이 번쩍거린다.

우시는 어머님을 민망히 바라보던 누님이 지은 듯한 슬픈 어조로,

"어머님, 마음 상하지 마셔요."

하였다.

"얘, 시간 다 되었겠다. 내 걱정일랑 말고 어서 학교에나 가거라."

하고 어머님은 눈물을 삼키셨다.

우리는 책보를 끼고 나섰다.

학교 문턱에 들어서니 종소리가 들린다. 우리는 달음박질하여 들어갔다.

전교 생도가 다 모였다. 모두 행렬과 번호를 마치자,

"기착(氣着), 경례, 출석원 도합 ○○명."

이라 하는 카랑카랑한 소리가 들리었다. 사년급 급장의 소리다. 이 소리가 끝나자 여자부 편에서도 이와 같은 호령과 보고를 하는 소리가 들리었다. 옥을 부수는 듯 날카로운 소리였다. 이는 우리 누님의 소리다. 오늘은 웬 일인지 이 두 소리가 나의 어린 가슴을 뛰게 하였다.

그 다음 토요일 하학(하교)한 후에 교우회가 모인다고 사년급 생도들이 학교 문을 걸고 파수를 보며 철없는 일이년 급들이 나가는 것을 막아섰다. 우리가 늘 모이는 강당에 들어가니 벌써 이편에는 남학생, 저편에는 여학생이 빽빽이 앉아 있었다. 나도 거기 앉았노라니 뭐니, 뭐니 하고 한참 야단들이더니 얼마 안 되어 사년급 생이 흰 종잇조각을 돌리며,

"지육부(智育部, 문예부) 간사 투표권이요, 한 장에 한 명씩 쓰시오."

하며 외친다. 내 곁에 앉은 녀석이 똑똑한 체로,

"유기명 투표야요, 무기명 투표야요?" 묻는다.

"물론 무기명 투표지요."

아까 외치던 사년급 생이 대답한다. 그러자 저편에서,

"무기명 투표란 무엇이오?"

하는 녀석이 있다.

"그것도 모르면서 회(會)할 적마다 집에만 가려고 하지! 무기명 투표란 것은 선거자의 이름을 쓰지 않는 것이오."

꾸짖는 듯이 그 사년급 생이 말하고 기색이 엄숙하다. 나는 무의식적으

로 단박 사년급 급장의 이름을 썼다. 필경, 남자부에는 최다 투표로 그가 뽑혔고, 여자부에서는 최다 투표로 우리 누님이 선출되었다.

그 후부터 누님이 간사회 한다, 지육부 간사회 한다 하고 저녁 먹고 나가면 밤 아홉 점 열 점이나 되어 돌아오는 일이 빈빈(頻頻)했다. 또 그 회에 갈 적마다 안 보던 거울도 보고 늘어진 머리카락도 쓰다듬어 올리며 옷고름도 고쳐 매었다.

하룻밤은 누님이 지육부 간사회 한다고 저녁을 먹고 나가더니 열 점 반이 되어도 돌아오지 않는다. 어머님은 별별 염려를 다 하시다가,

"너 누이가 여태껏 돌아오지를 않니? 회는 벌써 끝났을 것인데. 너 좀 가 보아라."

나는 두루마기를 입고 집을 나와 사직골 막바지로부터 광화문 통에 가는 길로 타박타박 걸어간다. 달도 없는 오월 그믐밤이었다. 전등도 별로 없고 행인도 희소한 어둠침침한 길을 걸어가려니 무시무시한 생각이 난다. 나는 무서운 생각을 쫓노라고 발을 쾅쾅 구르며 '하나, 둘'하고 달음박질하였다. 한참 뛰어가니 숨이 헐떡거리고 진땀이 흐른다. 모자를 벗어 부채질하면서 천천히 걸어간다. 내 앞 멀지 않은 곳에서 젊은 남녀가 짝을 지어 이쪽으로 올라온다. 그들은 남학생과 여학생이었다! 그와 누님이었다! 나는 가슴이 설렁하며 일종 호기심이 일어났다. 그래서 살짝 남의 집 담 모퉁이에 은신하였다. 둘은 내가 거기 숨어있는 줄도 모르고 영어로 무어라고 소곤소곤 거리며 지나간다. 그 중에 이 말이 제일 똑똑히 들리었다.(그 때는 몰랐지만 지금 생각하니 아마 이 말인 것 같다.)

"Love is blind.(사랑은 맹목적이라지요.)"

라니까 누님은 소리를 죽여 웃으며,

"But, our love has eyes!(그런데 우리의 사랑은 보는 사랑이지요.)"

하였다. 그들이 지나가자 나도 가만가만 뒤를 따랐다. 어둠 속이라 누님의 흰 적삼이 퍽 눈에 뜨인다. 전등 켠 뉘 집 대문 앞을 지날 때 나는 그의 바른손이 누님의 왼손을 꼭 쥔 것을 보았다. 나는 웬일인지 싱긋 웃었다. 그들이 행여나 나를 돌아볼까 보아서 발소리를 죽이고 남의 담에 몸을 숨기며 꽤 멀리 떨어져 갔었다. 우리 집 가까이 와서 둘이 걸음을 멈추더니 서로 악수를 하고 또 악수를 하는 것 같았다. 연연(戀戀)히 서로 떠나기를 싫어하는 것 같다. 한참이나 그리하다가 그가 손을 놓고 또 무어라고 한참 수군거리더니 돌아서 온다. 누님은 우리 집 문 앞에 서서 한참 그가 가는 양을 바라보고 서 있다. 그는 또 내 곁으로 지나간다. 그의 걸음걸이는 허둥허둥하였다. 그가 지나간 후 나는 달음박질하여 집에 돌아왔다. 대문 턱에 들어서니 어머님과 누님이 문답하는 소리가 들린다.

"왜 그처럼 늦었니? 나는 별별 근심을 다 했다."

"오늘은 상의할 일이 좀 많아서……."

누님이 머뭇머뭇한다.

"그 애는 어데로 갔니? 같이 오지를 안 하니? 오는 길에 못 봤어?"

어머님이 묻는다.

"그 애가 어데로 갔을꼬? …… 길에서 만났을 것인데."

누님이 걱정한다.

나는 안방 문을 열고 시침을 뚝 따고,

"누님 인제 왔어요?"

하고 빙그레 웃었다. 어머님은 놀라며,

"너 뺨에, 옷에 맨 흙투성이니 웬일이냐?"

하신다.

"담에 붙어 와……. 아니야요. 저, 저……."

하고 누님을 보고 빙글빙글 웃었다. 누님의 얼굴은 또 발개졌다.

5

그 후 더운 날 달밤에 누님은 친구하고 어데를 간다, 어데를 간다 하고 자주 자주 나갔었다. 늘 나를 따돌리고 혼자 나갔으므로 푸른 풀 잦아진 곳과 달빛 고요한 데에서 그와 누님이 만나 꿀 같은 사랑의 속살거림을 몇 번이나 하였는지 나는 모른다.

누님의 출입이 자유롭고 기색이 수상하였던지 어머님이,

"인제 어데 나가거든 꼭 네 동생을 데리고 다녀라."

하신 뒤로는 누님이 집에 들면 공연히 짜증을 내며 하염없는 수색(愁色)이 적막한 화용(花容)을 휩쌌었다. 그리고 때때로 머리가 아프다며 이불을 쓰고 누웠었다.

하루는 점심을 마친 후 누님이 내게,

"너, 나하고 남산공원에 산보 가련?"

이라고 하였다. 그 때는 유월 염천이라 더운 기운이 사람을 찌는 듯하였다. 나도 거기 가서 서늘한 공기도 마시고 무성한 초목으로부터 뚝뚝 뜯는 취색(翠色)에 땀난 몸을 씻으리라 생각하고 곧,

"네."

하였다.

우리는 광화문 통에서 전차를 타고 진고개를 거쳐 남산공원을 올라갔었다. 저편 언덕 위에 그가 기다리기 지리(支離)하다 하는 듯이 앉았다가 일어섰다가 하는 것이 보였다. 그때 누님이 갑자기 돌아서 나를 보며,

"너 이것 가지고 진고개 가서 과자 좀 사와! 응?"

하며 돈 20전을 주었다. 나는 급히 진고개로 나왔다. 얼른 과자를 사가지고 가 본즉 그와 누님은 그림자도 보이지 않는다.

"어데로 갔을까?"

나는 누님이 무슨 위험한 곳에나 간 것 같이 가슴이 팔딱거리었었다. 이리저리 아무리 살펴도 그들은 없다. 나는 이편으로 기웃기웃, 저편으로 기웃기웃하였다. 한참이나 취색이 어린 남산 정상을 치어다보다가 또 다시 걸어갔었다. 한동안 걸어가도 보이지 않는다.

'아이고, 어데로 또 그만 가 버렸어? 이리로는 아마 아니 갔나 보다.'

하고 돌아서 오던 길로 도로 온다.

갔던 길로 도로 오려니 퍽 먼 것 같다.

'에이그, 그 동안에 내가 퍽도 걸었네.'

속으로 중얼중얼하였다. 골딱지가 나니까 더 더운 것 같다. 대기는 횃불에 와글와글 끓는 것 같다. 나는 이 대기에 잠기어 몸이 삶아지는지 땀이 줄줄 흘러내리고 숨은 헐떡헐떡 차오른다. 모자를 벗으니 머리에서 김이 무럭무럭 난다. 나는 부글부글 고여 오르는 심술을 억지로 참으며 아까 그가 있던 곳까지 돌아왔다.

"어데로 갔을까? 저리로 가 보자."

혼잣말로 투덜거리고 아까 갔던 반대 방면으로 걸어갔었다. 한동안 걸어가도 그들은 또 보이지 않는다. 참고 참았던 짜증이 일시에 폭발되었다. 잔디밭에 털썩 주저앉아 엉엉 울었다. 풀들을 쥐어뜯으며 한참 울다가 하도 내가 어린애 같은 것이 부끄럽고 우스웠다. 그렁그렁한 눈물을 씻고 희희 한 번 웃은 뒤 이리저리 또 살펴보기 시작하였다.

저편, 좀처럼 사람 눈에 뜨이지 않을 소나무 그늘 밑에 그들이 나란히 앉아 있는 것이 보였다. 나는 잃었던 보배를 발견한 듯이 기뻐하였다.

"누님! 거기 계셔요?"

고함을 지르고 뛰어가려다가, 에라 무슨 이야기를 하는지 좀 엿들으리라 하고 어느 밤에 그들의 뒤를 따라가던 모양으로 가만가만 걸어 가까이 갔었다. 한낮이므로 유객(遊客) 하나 없고 바람 한 점 불지 않는다. 더운 공기는 기름이 언 것 같이 조금도 파동이 없다. 남이 들을까 봐서 가만가만히 하는 이야기도 낱낱이 내 귀에 들리었다.

"물론 그렇게 해야지요. 그런데 요사이는 어째 볼 수가 없어요?"

그가 말하였다.

"어머님께서 어데 나가게 하셔야지요. 또 나가거든 꼭 동생을 데리고 다녀라 하시겠지요. 그래서 오늘도 같이 왔지요."

그리고 누님이 웃으며 말을 이어,

"딴 이야기 하노라고 잊었구려, 기다리신다고 오죽 지리하셨겠어요?"

"한 시간이나 넘어 기다렸어요. 오늘도 아마 못 오시는가 보다 하고 그만 갈까 생각까지 하였어요."

"네? 가 버릴까 하였어요? 제가 언제 약속 어긴 일이 있어요? 저는 어찌 급했던지 점심을 먹는데 밥이 입으로 들어가는지 코로 들어가는지 몰랐어요."

둘이 웃는다. 나도 웃었다. 나는 어린애가 꽃에 앉은 나비를 잡으려 간 때에 가는 걸음걸이로 한 걸음 두 걸음 가까이 갔었다. 사랑하는 이들은 달디단 이야기에 얼이 빠져 사람 오는 줄도 모른다. 그들 앉은 소나무 뒤에 살짝 붙었었다. 두 어깨는 닿아 있고 누님의 풀린 머리카락이 그의 뺨을 스친다. 그와 누님의 눈과 입에는 정이 가득한 웃음이 넘친다. 그러다가 두 손길을 마주잡고 실성한 사람 모양으로 멀거니 서로 들여다본다. 누님의 몸으로부터 발산하는 따뜻하고 향기로운 기운에 나도 싸인 것 같았다. 나는 와락 달려들며,

"누님, 여기 계셔요? 나는 어데 가셨다고……. 아이, 사람 애도 퍽도 먹이시지!"

둘은 깜짝 놀랐다. 누님의 모시적삼이 달싹달싹하는 것을 보고 누님의 가슴이 팔딱거리는구나 하였다.

그는 시치미를 뚝 떼려고 하였으나 '부끄럼'이란 원소가 얼굴에 퍼뜨리는 붉은 빛을 감출 길이 없었다.

"에그, 나는 누구라고. 퍽도 놀랐다."

누님은 두근거리는 가슴을 한 손으로 어루만지며 말하였다. 누님이 그를 향하며,

"이 애가 제 동생이야요. 아직 철이 안 나서……. 많이 사랑해주셔요."

한 뒤 나를 보고 그를 눈으로 가리키며,

"너 이 보고 이 훌랑은 형님이라 하여라."

"어째서 형님이라 해요?"

내가 애를 먹였다. 누님의 얼굴은 새빨개지며 나를 흘겨본다.

"왜 누님 성나셨소? 그러면 형님이라 하지요."

하고 어리광을 부리며,

"형님, 누님! 과자 잡수셔요."

하고 쥐었던 과자를 앞에 내놓았다. 누님이 나를 보고 방그레 웃으며,

"우리는 먹기 싫으니 너 혼자 저쪽에 가서 먹고 있어라. 우리 갈 때 부를 것이니……."

나도 길게 방해 놀기가 싫었다. 과자를 쥐고 나와 풀밭에 앉아 먹으면서 혼잣말로,

"내 뱃속에 영감쟁이가 열둘이나 들어앉았는데 어린애로만 여기지……."

하고 웃었다.

그 긴긴 해가 벌써 서산에 걸리었다. 낙조에 비치는 녹수와 방초는 불이

붙은 것같이 붉어 보인다.

나도 이 동안에 퍽도 심심하였다. 풀을 자리 삼아 눕기도 하고, 기지개도 켜고 몸을 비틀기도 하며 곡조도 모르는 창가를 함부로 부르기도 하였다. 이제나 올까, 저제나 부를까 고대하여도 그 둘의 그림자는 얼른도 아니한다. 무슨 이야기가 그렇게 많은고. 이미 사랑하는 사람끼리의 이야기는 끝이 없는가 보다. 벌써 이야기한 것이 수만 마디가 넘건마는 말 몇 마디 못하여 해는 어이 수이 가나 하는 것이다.

남산 밑 풀과 나무에 빛나던 붉은 빛은 점점 걷히고 모색(暮色)이 가물가물 쳐들어온다. 햇빛은 쫓기어 남산 정상을 향하여 자꾸 기어 올라가더니 남산 맨 꼭대기에 옴츠리고 앉았을 뿐이다.

검푸른 저문 빛이 남산 밑을 에워싸자 정상에 비치는 햇빛조차 스러지고 저편 하늘에 붉은 놀이 흰 구름을 붉고 누렇게 물들인다.

나는 참다못하여 몸을 일으켜 그 곳으로 갔다. 어두운 빛에 놀랐는지 그들도 일어섰다. 나는 걸음을 멈추고 나무로 깎아 세워 놓은 사람 모양으로 주춤 섰다. 누님의 걱정스러운 떨리는 소리가 나의 이막(耳膜)을 울림이라.

"K씨! 우리가 목전에 즐거움만 다행히 여겨 그냥 이리 지내다가는 우리의 꿀 같은 행복이 끝에는 소태 같은 고통으로 변할 것 같아요. 우리 각각 꼭 아까 말한 것과 같아야 됩니다."

"아무렴요! 꼭 그리해야 될 터인데……. 아까도 말했지만 우리 집은 워낙 완고라……"

그의 말은 떨리었다.

나는 가슴이 선뜻하였다. 무슨 말을 하였나? 무슨 일을 하려는가? 엿듣지 못한 것이 한이 되었다. 둘은 이리로 걸어온다. 누님의 눈은 약간 발그레하였다. 그 고운 뺨에 눈물 흔적이 보였다. 나는 또 웬일인가 하고 가슴이 선뜻하였다.

6

그날 밤에 나의 어린 소견에도 별별 생각이 다 들어 잠도 잘 자지 못하였다. 어렴풋이 잠을 깰 적마다 큰방에서 어머님과 누님이 무어라고 이야기하는 소리가 간단없이 들리었다. 새벽 한 점이나 되어 내가 또 잠을 깨니 큰방에서 훌쩍훌쩍 우는 소리가 들린다. 울음 섞인 어머님의 말소리가 난다.

"그래, 네가 요사이 늘 탈기를 하고 행동이 수상하더라……. 나는 허락한다 하더라도 만일 그 집에서 안 된다면 네 신세가 어떻게 되니? …… 네가 다만 하나 있는 어미 몰래 그 사람과 약혼한 것이 괘씸하다. 아비 없이 너를 금옥같이 길러내어 이런 일이 날 줄이야! 남편 없다고 너까지 나를 업신여기는 게지……."

누님은 흑흑 느끼며,

"어머님, 잘못하였습니다. 무어라고 말씀을 여쭈어야 좋을지…… 친하기도 전에 말씀 여쭈기도 부끄러운 일이고…… 친한 뒤에는 몇 번이나 말씀 여쭈려하였지만 입이 잘 떨어지지를 않았어요. …… 들어주셔요. 암만 어머님이라도 그 때는 부끄러웠어요. 이젠 서로 약혼까지 해놓으니 몸과 마음이 달아 부끄럼도 돌아볼 수 없게 되었어요. 그래서 뻔뻔스럽게 여쭌 것이에요. 어머님 말씀같이 그가 저를 잊을 리는 없어요. 버릴 리는 없어요. 그다지 다정한 그가 그럴 리가 있다고요? 어제 공원에서 단단히 맹서하였습니다. 각각 부모님께 여쭈어 들으시면 이 위에 더 좋은 일이 없거니와 만일 그렇지 않거든 멀리멀리 달아나겠다구요. 배가 고프고 옷이 차더라도 부모도 못보고 형제도 못 보더라도 둘이 같이만 있으면 행복이라구요. 온갖 곤란과 갖은 고통을 달게 겪겠다구요. 정말 그래요. 저도 그이 없으면 미칠 것 같아요. 어머님이 허락을 아니 하신다 할 것 같으면 저는 이 세상에 살아있을 것 같지 않아요."

밀어오는 물을 막았던 방축을 무너뜨릴 때 물밀듯이 누님이 말하였다. 흔히 순결한 처녀가 사랑의 불을 가슴속에 깊이깊이 숨겨두고 행여나 남이 알까 보아서 전전긍긍하며 홀로 간장을 태우다가도 한 번 자기 친한 이에게 발설하기 시작하면 맹렬히 소회를 베푸는 것이라.

나는 가슴을 울렁거리며 안방에 건너왔다.

누님은 어머님 무릎에 머리를 파묻고 울며, 어머님은 누님의 등에다 이마를 대고 운다. 나도 한참 초연히 섰다가 어머님 곁에 앉았다. 어머님을 흔들며 목멘 소리로,

"어머님, 우지 마셔요."

이 말을 마치자 가슴이 찌르르해지며 흐르는 눈물을 금할 길이 없었다. 어머님은 눈물을 삼키고 누님을 흔들며,

"이 애, 이 애, 그만 그쳐라."

그러나 누님은 더 섧게 운다.

"이 애, 남부끄럽다. 그만두어라. 오냐, 네 원대로 하마. 그 사람을 한 번 데리고 오너라."

어머님은 그만 동곳을 빼었다.

'여자수약(女子雖弱)이나 위모즉강(爲母則强)'이란 말은 어찌 생각하고 한 소리인고?

이틀 후 누님이 그를 데리고 왔다. 곱상한 얼굴과 얌전한 거동이 당장 어머님의 사랑을 이끌었다. 참 내 딸의 짝이라 하였다. 애녀(愛女)의 평생이 유탁(有託)하다 하였다. 단꿈이 꾸이리라 하였다. 기쁜 날이 오리라하였다. 더구나 맑은 눈과 까만 눈썹이 내 딸과 흡사하다 하였다. 누님과 그가 영어로 말하는 양을 보고 뜻도 모르면서 웃으셨다. 사랑스러운 딸의 장래 가정을 꿈꾸고 사랑스러운 외손자를 꿈꾸었다.

그 후부터는 남의 이목을 피해가며 몇 번이나 서로 맞추어서 길게 기다려가지고 짧게 만나던 애인들은 자조로이 우리 집에서 만나 웃고 즐기게 되었다

7

어떤 날 저녁에 그가 우리 집에 왔다. 그때 마침 어머님은 어데 가시고 나

와 누님 단둘이 있었다.

나는 와락 내달으며,

"형님 오셔요?"

라고 반갑게 인사하였다. 누님도 반가이 맞으며,

"요사이는 왜 오시지 안 하셔요?"

"아니, 내가 언제 왔는데."

하고 그는 지어서 웃는다.

누님은 눈을 스르르 감으며 무엇을 생각는 듯하더니,

"오늘이 칠월 초열흘이고, 초칠일이 공일이라…… 공일날 오시고 오늘 처음이지요?"

"그래요, 한 사흘 밖에 더 되었어요?"

"사흘! 저는 한 삼 년이나 된 듯하였어요, 사흘 만에 한 번씩 만나? 멀어요! 퍽 멀구 말구요! 사흘이 그다지 가까운 것 같습니까?"

하고 누님은 무엇을 찾는 듯이 그를 바라본다.

"사흘 만에 한 번씩 와도 장하지요."

하고 그는 또 웃는다.

"장해요! 사흘 동안에 제가 몇 번이나 문밖을 내다보는지 아셔요? 저는 온갖 걱정을 다 했지요. 몸이나 편찮으신가, 꾸중이나 들으셨는가?"

하고 목소리는 전성(顫聲)을 띠어가며 눈에는 눈물이 괴이어진다.

"저는 우리 일에 대하여 무슨 큰 걱정이나 생겼나 하고 얼마나 애간장을 태웠는지요!"

하고는 눈물이 그렁그렁 넘쳐흐른다.

"아니야요! 여하간 죄 없이 잘못하였습니다."

하고 그는 눈살을 찌푸리다가 선웃음을 치며,

"어린애 모양 걸핏하면 울기는 왜 울어요? 저 동생 부끄럽지 않아요? (갑자기 어조를 야릇하게 변하며) 그런데 내가 어지(어제)도 올라 카고 아레(그제)도 올라 캤지만 그럴 때마다 동무가 찾아와서 올 수가 있어야지."

울던 누님이 웃음을 띠었다. 나도 웃었다.

그는 대구 사람이다. 그의 부모는 아직도 대구에서 산다. 서울 있는 오촌 당숙집에 그는 유숙하고 있었다. 그는 서울 온 지가 벌써 5, 6년이 되었으므로 사투리는 거의 안 쓰게 되었으나 때때로 우리를 웃기려고 야릇한 말을 하였다.

"올라 카고, 갈라 카고."

흉내를 내며 나는 방바닥에 뚤뚤 굴러가며 웃었다. 그는 시치미를 뚝 떼고,

"남 이야기하는데 웃기는 와 웃소? 갸, 참 얄궂다."

하였다. 누님은 어떻게 웃었는지 얼굴이 붉어지고 배를 훔켜쥐고 숨찬 소리로,

"그만 두셔요, 그만 웃기셔요."

한참 동안 우리는 이렇게 웃고 즐기다가 나를 누님이 또 무슨 심부름을 시켰다! 무슨 심부름이던가 생각이 아니 난다. 그가 오기만 하면 누님이 무엇 좀 사오너라, 어데 좀 갔다 오너라, 하고 늘 나를 따돌렸다.

"에그, 누님도 왜 나를 늘 따돌려."

투덜투덜 하면서 집을 나왔다. 반달은 비스듬히 푸른 하늘에 걸리어 있다. 만경창파에 외로이 떠나가는 일엽편주와 같았다.

나 없는 동안에 그들이 무슨 이야기를 하는지를 듣고 싶어서 급히 오너라고 오는 것이 한 시간이나 넘어 걸리었다. 나는 벌써 엿듣기에 익숙하여 사뿐 중문에 들어서며 가만히 살펴보니 애인들은 달 비치는 월계화 나무 밑에 평상을 내어놓고 나란히 앉아서 무어라고 소근 거린다. 나는 숨소리도 크게 아니 쉬고 귀를 기울였다.

"그러면 어째요? 어머님께서는 좀처럼 올라오시지 않을 것이고……. 왜 그러면 상서(上書)로 이 사정을 못 아뢸 것이야 있어요?"

누님의 애타는 소리가 들린다.

"글쎄요. 몇 번이나 상서를 썼지만…… 부치지를 못하겠어요."

"만일 차일피일하다가 딴 데 혼인을 정해놓으시면 어째요?"

"정해놓아도 안 가면 그만이지요."

"그러면 어렵지 안 해요?"

"그런데 오촌 당숙 내외분은 아마 이 눈치를 아시는 것 같아요…… 네? 아마 그런 것 같아요, 그래서 집에 무슨 통기가 있었는지 할아버지께서 일간 올라오신대요."

"올라오시면 죄다 여쭙겠단 말씀이구려."

"글쎄요, 그런데…… 우리 할아버지는 참 호랑이 같은 어른이라…… 완고 완고 참 완고신대…… 나도 어찌 할 줄을 모르겠어요. 그래서 밤에 잠이 잘 오지 않아요."

하고 머리를 긁적긁적하고 눈살을 찡기더니 또 말을 이어,

"오늘 또 아버지께서 하서(下書)하셨는데 이번 울산 김승지 집에서 너를 선보러 간다니 행동을 단정히 해라 하는 뜻입디다. 참 기막힐 일이에요."

하고 한숨을 내쉰다.

"부모님께 하루 바삐 이 사정을 여쭙지 않으면 큰일 나겠습니다, 그려."

누님의 안타까운 소리가 들린다.

"여하한 꾸중을 보시더라도 장가를 못 가겠다 할 터야요! 조금도 걱정마셔요."

그는 결심한 듯이 고개를 들며 단연히 말하였다.

밝은 달은 애태우는 양인의 가슴을 나는 몰라 하는 듯이 저리로 저리로 미끄러져 가며 더운 공기에 맑은 빛을 흩날린다. 월계화는 더욱 붉고 더욱 곱다. 진세(塵世)의 우수 고뇌를 나는 잊었노라 하는 것 같았다.

8

그 이튿날 일어난 누님의 얼굴은 해쓱하였다. 머리카락이 흐트러질 대로 흩어진 것을 보아도 작야(昨夜, 지난 밤)에 잠을 못 이루어 몇 번이나 베개를 고쳐 빈 것을 가히 알 수 있었다. 누님이 사랑의 맛이 쓰고 떫은 것을 처음으로 맛보았도다! 행복의 해당화를 꺾으려면 가시가 손 찌르는 줄 비로

소 알았도다.

하루 가고 이틀 가고 어느덧 일주일을 지내었건만 누님이 오늘이나 와서 호음(好音)을 전해줄까 내일이나 와서 희식(喜息, 기쁜 소식)을 알려줄까 고대했지만 그는 코끝도 보이지 않는다. (내가 학교를 가도 그를 볼 수 없었고, 누님도 이 때부터 심사가 산란하여 학교에 못 갔었다.)

이 동안에 누님은 어찌 애를 태웠던지 양협(兩頰)에 고운 빛이 사라져 가고 눈언저리는 푸른 기를 띠고 들어갔다. 입술은 까뭇까뭇 타들어 가고 두 팔은 맥없이 늘어졌다.

일주일 되던 날 누님은 생각다 못하여 편지 한 장을 주며,

"너 이 편지 가지고 그 댁에서 그가 있거든 전하고 못 보거든 도루 가지고 오너라."

하였다.

전일에 그를 따라 한 번 그 집에 갔던 일이 있으므로 그 집을 자세히 알아두었다. 그 집 대문에 들어서니 행랑 사람도 없고 그가 있던 사랑문도 닫혀있었다.

안에서 기운 찬 노인의 성난 말소리가 나의 귀를 울린다.

"이놈, 아직 학생이니 장가를 못 가겠다. 핑계야 좋지, 이놈 괘씸한 놈. 들으니 네가 어떤 여학생을 얻어 가지고 미쳐 날뛴다는구나! 이게 다 무엇이야. 부모가 들이는 장가는 학생이라 못 가겠고, 학생 신분으로 계집은 해도 괜찮으냐. 이놈 고약한 놈! 네 원대로 그 학교나 마치고 장가 들일 것이로되 벌써 어린놈이 못 견뎌서 여학생을 얻느니, 무엇을 얻느니 하니 그냥 두다

간 네 신세를 망치고 가문을 더럽힐 터이야! 그래서 하루바삐 정혼하고 혼수까지 보내었는데 지금 와서 가느니 마느니 하면 어찌 하잔 말이냐. 암만 어린놈의 소견이기로……. 그 집은 울산 일판에 유명한 집안이라 재산도 있고 양반도 좋고…… 다 된 혼인을 이편에서 퇴혼하면 그 신부는 생과부로 늙으란 말이냐! 일부함원 오월비상(一婦含怨 伍月飛霜, '여자가 한을 품으면 오뉴월에도 서리가 내린다'는 뜻)이란 말도 못 들었어! 죽어도 못 가겠다? 허허, 이놈 박살할 놈! 조부모도 끊고, 부모도 끊고 일가친척도 끊으려거든 네 마음대로 해보아라."

나는 이 말을 들으며 소름이 쭉 끼치었다. 한편으로는 분하기 짝이 없었다. 깨끗한 누님이 이다지 모욕을 당한 것이 절절이 분하였다. 곧 들어가 분풀이나 할 듯이 작은 눈을 홉뜨고 고사리 같은 손을 불끈 쥐었다.

"허허, 이놈! 괘씸한 놈! 에이 화나, 거기 내 두루마기 내."

하는 노인의 우렁찬 소리가 또 들린다. 나는 간담이 서늘하였다. 그 노인이 신을 찍찍 끌고 이리로 나오는 것 같다. 나는 무서운 증이 나서 급히 달음박질하여 그 집을 나왔다.

9

그 날 밤, 어머님 잠드신 후 누님이 살짝 내게로 건너와서,

"이 애, 너 본 대로 좀 이야기하여 다고, 응?"

이 말을 하는 누님의 얼굴은 고뇌와 수괴(羞愧)의 빛이 보인다. 어린 동생에게 애인의 말을 물어도 부끄러워하였다! 나는 입을 다물고 묵묵히 앉았다. 하지만 차마 그 이야기를 할 수 없었다.

"왜, 또 심술이 났니? 어서 이야기를 좀 하려무나. 편지를 도루 가지고 온 것을 보니 형님을 못만났니? 만나도 못전했니? 혹은 무슨 일이 났더냐? 남의 속 그만 태우고 어서 좀 이야기하여 다고. 가련한 네 누이의 청이 아니냐."

이 말 소리는 애완 처량하였다. 나의 어린 가슴이 찌르는 듯하며 눈물이 넘쳐 나온다. 이다지 정다이 구는 누님의 가슴에 그리던 꿈 같은 장래가 물거품에 돌아가고 만 것이 슬펐음이라. 그리고 순결한 우리 누님이 그 노인에게 '어떻다'든가, '계집을 했다'든가 하는 더러운 소리를 들은 것이 이가 떨리었다.

나는 비분한 어조로 그 집에서 들은 것을 이야기하였다. 정신없이 듣고 있던 누님은 내 말이 끝나자 기운 없이 쓰러지며 이 이야기를 들을 적부터 괴였던 눈물이 불덩이 같은 뺨을 쉬일 새 없이 줄줄 흘러내렸다.

"누님! 누님!"

하고 나도 누님의 가슴에 안기며 울었다.

이럴 즈음, 누가 대문을 가벼이 흔들며 떨리는 소리로,

"S씨! S씨! 주무셔요?"

한다. 누님은 이 소리를 듣고 얼른 일어났다. 애인의 음성은 이럴 때라도 잘 들리는 것이다. 나올 듯, 나올 듯한 울음을 입술로 꼭 다물어 막으며 급

히 나갔다.

대문 소리가 나더니,

"K씨! 오셔요?"

하며 우는 소리가 들린다. 나도 나갔다. 둘은 서로 붙들고 눈물비가 요란히 떨어진다. 누님이 울음 반 말 반으로,

"저는 또다시……못…… 뵈올 줄…… 알았지요."

하였다. 그도 흑흑 느끼며,

"다 내 잘못이요."

하였다.

"저 때문에 오늘 매우 꾸중을 들으셨지요?"

"어떻게 알았어요?"

누님이 내가 편지를 가지고 그 집에 갔다가 내가 들은 이야기를 하였다. 그리고 우는 소리로,

"좀 들어가셔요."

하였다.

"아니야요, 명일(明日, 내일)은 할아버지께서 꼭 데리고 가실 모양이어요. 지금 곧 멀리멀리 달아나려고 합니다. 그래서 이런 말이나 몇 마디 할 양으로 왔어요."

누님은 자기의 귀를 의심하는 듯이,

"네? 멀리멀리 가셔요? 부모도 버리시고, 형제도 버리시고 멀리 가셔요? 제 신세는 벌써 불쌍하게 되었습니다. 불쌍한 저 때문에 전정(前程)이 구만

리 같은 당신을 또 불행하게 만들 것이야 무엇 있습니까? 절랑 영영히 잊으시고 부모님 말씀으로 장가드셔요. 장가드시는 이하고나 백 년이 다 진토록 정다운 짝이 되어 주셔요. 아들 낳고, 딸 낳고…… 저의 모든 것을 바쳐도 당신이 행복하신다면 그만이 아니야요? 곧 당신의 기쁨이 제 기쁨이 아니야요? 당신의 행복이 제 행복이 아니야요? 한숨 쉬고 눈물 흘리면서도 당신의 행복의 그늘에서 웃어볼까 합니다."

열정 찬 눈으로부터 하염없이 흘러내리는 눈물에 적막한 화용(花容, 꽃보다 아름다운 여자 얼굴)이 아롱진다.

"아아, S씨를 내 손으로 불행하게 만들고 나 혼자 행복을…… 사랑을 떠나 행복이 있을까요? 나에게 행복을 줄 S씨가 눈물바다에 허우적거릴 때 나 혼자 행복의 정상에서 나려다보며 웃을 수가 있을까요? 없어요! S씨 없고는 나 혼자 행복을 누릴 수가 없어요!"

"제 불행은 제 손으로 만든 것입니다. 그러나 우리가 오늘날 이렇게 된 것이 당신의 잘못도 아니고 저의 잘못도 아니야요. 그 묵고 썩은 관습이 우리를 이렇게 만든 것입니다! 그러하지만 저 때문에 당신의 마음을 수란(愁亂)하게 만든 것 같아서 어떻게 가엾고 애달픈지 몰라요! 그런데 이 위에 더 당신을 영영이 불행하게 하겠어요. 당신이 행복하신다면 저는 오늘 죽어도 아깝잖아요."

"안 될 말씀입니다. 그런 말씀을 들을수록…… 기가 막혀요! 해야 늘 그 말이니까 길게 말할 것 없이 나는 가겠어요. S씨! 부디 안녕히!"

그는 흐르는 눈물을 씻으며 결심한 듯이 돌아서 가려 한다.

"K씨!"

안타까운 떠는 소리로 부르더니 북받쳐 나오는 울음이 말을 막는다. 그는 또 한 번 돌아다보고,

"S씨! 부디 안녕히……."

말을 마치자 그는 떨어지지 않는 발길을 돌려 마음은 이리로 몸은 저리로 멀어간다…….

나는 심장을 누가 칼로 싹싹 에이는 것 같았다.

10

그 후 그는 어디로 갔는지 영영이 소식을 들을 수가 없고, 누님은 시름시름 병들기 시작하여 날이 가고 달이 갈수록 병은 점점 깊어온다.

이슬에 젖은 연화같이 불그스름하던 얼굴이 청색 창경(窓鏡)에 비치는 이화(梨花)처럼 해쓱하였다. 익어 가는 임금(林檎)같이 혈색 좋던 살이 서리 맞은 황엽(黃葉)처럼 배배 말라간다. 거슴츠레한 눈은 흰 눈물에 붉어졌다.

그러다가 차마 볼 수 없이 바싹 말라 버렸다. 마치 백골을 엷은 백지로 덮어두고 물을 흠씬 품어 놓은 것같이 되고 말았다. 마침내 한강 얼음 얼고 남산에 눈 쌓일 제 누님은 그에게 한숨을 주고 눈물을 주던 이 세상을 떠나버렸다.

아아, 사랑, 아, 사랑의 불아! 너의 부드럽고 따뜻함에 철없는 청춘들의 연하고 부드러운 심장은 강징난다. 하지만 잔인한 너는 그만 그 심장에다 불을 붙이고 만다. 돌기둥 같은 불길이 종작없이 타 오른다. 옥기(玉肌)도 타버리고, 홍안도 타버리고, 금심(錦心)도 타버리고, 수장(繡腸)도 다 타버린다! 방 안에 켰던 촛불 홀연히 꺼지거늘 웬일인가 살펴보니 초가가 벌써 다 탔더라! 양협(兩頰)이 젖던 눈물 갑자기 마르거늘 무슨 연유냐고 물었더니 숨이 벌써 끊어졌더라!

-1920년 11월 〈개벽〉

봄 봄 봄

_최서해

*사람에 따라서 계절의 정취가 얼마나 달라질 수 있는지 알려주는 작품
*1929년 발표

봄, 봄은 또 찾아듭니다.

해마다 찾아드는 봄은 늘 그 봄이나, 그를 맞는 사람의 가슴은 늘 같지 않습니다. 가슴만 달라질 뿐이 아닙니다. 새봄을 맞는 때마다 달라지는 형모(形貌)는 차마 볼 수 없이 괴롭습니다.

이것이 세월이 주고 가는 선물인지, 생활이 주고 가는 선물인지, 내게 있어서는 분간하기 어려운 자취지만, 어쩐지 봄을 맞을 때마다 애틋한 괴롬이 가슴의 문을 소리 없이 두드려서 견딜 수 없습니다.

생활이란 그처럼 사람을 볶으며, 세월이란 그처럼 사람을 틀어놓는지는 이제 새삼스럽게 느끼는 것도 아니건만, 어렸을 때에 기쁘던 봄이 어른된 오늘에 이처럼 괴로울 줄은 나뿐만이 아니라 누구나 생각지 못했을 것입니다.

북악(北岳) 머리를 싸고 흐르는 엷은 아지랑이나 마당 한 귀퉁이에서 뾰

족뾰족 터 오르는 새싹은 모두 새봄의 새 빛과 새 힘을 보여 주는 것이로되 내게 있어서는 어느 것이나 괴롬 아닌 것이 없고, 슬픔 아닌 것이 없고, 추억 아닌 것이 없습니다.

남은 다시 피어나는 희열에 방긋거리는데 나는 그것을 괴롬으로 보고, 슬픔으로 보고, 추억으로 보니, 나는 벌써 새싹과 같은 생명을 잃어버렸는가. 차라리 그러한 생명을 잃어버렸다면 그 괴롬, 그 슬픔, 그 추억도 없이 지냈을는지도 모릅니다. 그러나 나는 아직도 삼십을 내일에 바라보는 청춘이외다. 가슴에 푸른 마음이 넘쳐흐르고 혈관에 붉은 피가 소용돌이치는 젊은이외다.

나는 이렇게 젊었으므로 이 봄이 괴롭고, 이 봄이 슬프고, 그 괴롬, 그 슬픔을 모르던 옛날의 봄이 그립습니다. 철모르던 옛날의 봄이야말로 참말 봄이었습니다. 세상이 어찌 돌아가는지 집안이 어찌 되는지 그것은 생각지 않는 것이 아니라, 그런 것은 전연히 모르고, 따스한 볕발이 기어드는 봉당에서 하품하는 개를 말이라고 못 견디게 타고 놀다가 어머니의 꾸지람에 어쩔 줄 몰라 하고, 책보는 버드나무 가지에 처매어 놓고 새잡이 그물을 들고 이 들로 저 들로 돌아다니던 그 옛날의 철모르던 봄이 참으로 그립습니다.

그렇던 그 봄은 어디로 갔는가. 이제는 생각하면 옛날의 일이외다. 엷은 비단 장막 같은 아지랑이에 아련히 가린 북악의 윤곽보다도 더 희미하게도 눈앞에 떠오르는 옛날의 일입니다. 그때는 이제 내 일생에 있어서 다시 찾을 수 없는 때외다.

찾을 수 없는 그때를 이렇게 추억하면 무슨 소용이 있으려만 추억은 이해에 있는 것이 아닌가봅니다. 목전에 닥치는 괴롬과 슬픔이 내 몸을 누르는 때마다 그 괴롬 그 슬픔을 모르고, 양지쪽에 피어오르는 고사리 싹 같은 어릴 적으로 나도 알 수 없는 이상한 사다리를 더듬어 옮아가게 됩니다.

나는 그렇게 추억의 사다리를 더듬는 때마다 봄밤, 우수(憂愁) 달빛이 흐르는 봄밤, 푸른 안개 속에 싸인 듯이 푸근한 유쾌와 애틋한 느낌을 받습니다.

그것이 그처럼 추억되고 그 추억을 추억하는 것을 향락하는 것만큼 나의 이 봄 생활은 거칠기 그지없습니다. 봄을 봄으로서 느끼지 못하리만큼 나의 생활은 거칠었습니다. 나는 내 생활을 생각하는 때마다 눈 날리고 바람 치는 거친 들을 외로이 걸어가는 듯한 느낌을 받습니다. 한강에 층 얼음이 풀리고 북한산의 흰 눈이 녹아 세상은 이제 바야흐로 봄 세례를 받게 되건만 내 길의 빙설은 나날이 더해 갈 뿐이외다. 나는 그것이 괴롭고 그것이 슬픕니다.

나는 이 괴롬을 누구더러 덜어 달라는 것도 아니요, 이 슬픔을 누구에게 하소연하려는 것도 아니외다. 이 괴롬, 이 슬픔은 나 아니면 느끼지 못할 것입니다. 나는 다만 이 괴롬을 괴롬으로서 맛보고, 이 슬픔을 슬픔으로서 맛보려 할 뿐이외다. 나는 그것을 물리치려고 하지 않고 받으려고 하며, 그저 보려고 하지 않고 밟으려고 할 따름이외다. 나는 거기서 내 생명의 약동을 보고 내 생명의 법열(法悅)을 얻으려고 합니다.

봄! 괴로운 봄, 슬픈 봄, 추억의 이 봄은 나에게 얼마만의 괴롬과 슬픔과 추억을 주려고 하며 그 모든 것은 내 생명의 약동을 얼마나 더 늘려, 내 생명의 법열을 얼마나 더 돋우려는가.

-1929년

봄을 맞는다

_최서해

*봄을 맞는 설렘과 기쁨을 표현하고 있는 작품
*1929년 발표

"봄을 맞는다."

말로만 들어도 좋은 것이다. 그러나 사람이 봄을 맞는지 봄이 사람을 맞는지 분간하기 어려운 일이다.

내 생각 같아서는 아직도 혈관에서 붉은 피가 소용돌이를 치니까 봄을 맞는다는 말이 나오나 보다. 하지만 사람이라는 것도 죽기만 하는 것은 아니다. 나고 죽고 나서 "중생은 무궁무진한 것이니라." 라고 한 부처님의 말씀이 아니라도 우리는 우리의 경험으로써 사람의 끈이란 억천만 대의 꿰어놓은 한 구슬 꾸러미인 것을 알 수 있다. 가고 오고, 오고 가는 봄의 생명이 별다를 것 없다.

이렇고 보면 '봄을 맞는다'는 말은 사람이 봄을 맞는지 봄이 사람을 맞는지 더욱 분간하기 어렵게 된다.

그러나 그것은 우리에게 큰 문제는 아니다. 봄이 사람을 맞든지 사람이 봄을 맞든지 그것은 아무렇든지 상관없는 일이다.

봄은 시절의 젊은이라는 것이 우리에게 큰 충동을 준다. 우리는 젊었다.

젊은 우리는 우리를 싸고 흐르는 시절의 젊은이와 마주치는 때마다 가슴에 잠겼던 마음이 흔들리는 것을 느끼지 않을 수 없다.

흔들리는 그 마음은 지향 없는 어지러운 물결은 아니다.

젊은 그 마음의 움직임은 새싹과 같은 움직임이다. 그것은 장차 바위라도 뚫고 푸른 하늘, 빛나는 햇발을 향하여 솟아오르고야 말 것이다.

"봄은 단술과도 같아서 사람을 취하게 한다."

그렇다. 봄은 우리를 취하게 한다. 그러나 그것은 술맛은 아니다.

우리의 뇌를 마비시키는 그런 것도 아니다.

우리는 봄에 취함으로써 한 치 한 치 자라간다. 한 걸음, 두 걸음 앞을 그리워한다. 겨울 나뭇가지 같은 앙상한 신경에 기름이 돌고 갇히었던 마음에 싹이 돋는다.

미래를 향하여 싹트는 마음은 새로운 것이다.

앞길을 생각하고 조리는 마음은 옛날을 생각하고 조리는 마음과는 같이 말할 것이 아니다.

우리는 봄을 맞자.

봄은 우리를 맞으라. 우리는 그대를 맞으려고 한다.

'봄——'얼마나 좋은 소식이냐.

우리는 그를 그렸거니와 그도 우리를 그렸을 것이다. 젊은이가 젊은이를 그렸을 것이다.

그리던 그 봄이거니, 그리던 그를 어찌 기쁨으로써 맞지 않으랴.

-1929년

어두운 밤과 같은

고독에서 마음을

슬프게 피로시키던 겨울은

울음소리와 함께 그치고

단조로운 소녀의

노래와도 같이

그립던 평화의 날과도 같이

인생의 새로운 봄은 왔노라.

_ 박인환, 〈봄은 왔노라〉 중에서

5월 달에 당신은

-여러분은 이 화려한 5월 햇빛 아래 무엇을 하시겠습니까?

_박인환

*모더니즘 시인으로 유명한 작가가 남긴 독특한 형식의 작품

*1954년 5월 〈여성계〉 발표

1. 5월에 가장 생각나는 곳은?

—아직 계절에 사로잡힌 곳은 없으나 역시 서울입니다.

2. 5월에 입고 싶은 컬러는?

—좀 어두운 빛깔

3. 만일 애인이 있다면 무슨 프리젠트를 하고 싶습니까?

—현재 애인이 있어도 프리젠트를 못하는 저의 심정으로서는 어찌 이런 질문에 답할 길이 있겠습니까.

4. 만일 애인을 만난다면 어디로 가고 싶습니까?

—서울에서는 갈 곳이 없고 외국이라면 화가 고갱처럼 타히티 섬에 갈까요.

5. 5월에 꼭 하고 싶으신 일은?

—그저 좋은 시와 좋은 음악과 술을 마시고 싶습니다.

-1954년 5월 〈여성계〉

춘심(春心)
- 남방춘신(南方春信) 3

_김영랑

*봄을 맞는 남도사람들의 정겨운 모습을 묘사한 작품
*1940년 2월 27일 〈조선일보〉 발표

이 고샅 저 골목에 아낙네들의 웃음소리가 유창하다. 정초 나들이에 길거리서 잠깐 만나 인사하는 소리만도 아니다. 웬 음성을 그리 높이 낼 리도 만무하다. 음향이 봄 기운을 타는 것이다. 휭휭 울려난다. 어린애들은 벌써 층내(호도기)를 만들기로 댓가지를 부러뜨린다. 더 일찍 아는 것 같다. 뒷언덕에 산소나 물긋대로 의자(倚子)를 만들고 홍청거리면서 늬나늬 늬나누――를 분다. '어―허참', '잉―이' 하는 소리가 웃댁(宅)에서 들려 나온다. 사이좋은 고부(姑婦) 간의 살림 수작이 그러하다.

전라도서도 이곳 말이란 것이 처음 듣는 이는 아직 말이 덜 되었다고 웃고, 자주 듣는 이는 간지러워 못듣겠다고 얼굴에 손까지 가리운다.

시인 C는 감각적인 점에서만도 많이 잡아 써야겠다고 한다. 통틀어 여기 말이 토정(吐情) 같으나 타도(他道) 말인들 의사 표시에 그치기야 하느냐마는 보다 더 토정일 것 같다. 우리가 등이 가려우면 긁고 꼬집으면 아야

야를 발음하는 것과 그리 거리가 없는 말일 것 같다.

여자의 말이 더욱 그러하다. '잉—이웅—오' 하는 부정어가 어디 또 있는가.

길거리에서 떠드는 말소리가 공중으로 휙 날아 들어온다. 봄이 아니고야, 봄이 아니고야 그럴 수 없다. 바람이 댓잎 끝을 새어 나오는데 끝이 다 퍼져 버려서 말소리가 타고 오는 것일까. 어디 그뿐이랴. 장차는 산골짜기마다 찾아가서는 그 간질간질한 안개 아지랑이를 이리 몰고 저리 몰고 다닐 바람이다. 그러노라면 안개 아지랑이 멋지게 계곡에 숨을 날도 앞으로 며칠 아니다.

멋이란 말에 언뜻 생각 키우는 것이 지용(시인 정지용)의 '멋'이다. 호남 해변에 가객기생(歌客妓生) 사회를 중심으로 멋이 발전했을 것 같다고 하여 서경 시문(書經詩文)에서 보는 것은 멋이 아니라 운치(韻致)라 하고 멋은 아무래도 명창 광대(名唱廣大)에 물들어 온 것 같다고 하였다. 시문이 운치와 맛이 어떻게 틀린다는 것을 얼른 말하기는 좀 어렵겠으나 명창 광대께서 멋이 물들어 온다는 것은 수긍할 수 없는 말이다.

선비에게서 광대 명창이 멋을 배우려 애를 써도 격을 갖추지 못하고 떨어지는 수가 많기 때문에 흔히 그들은 신멋을 범한다. 그러고 보니 죄가 멋에 있지 않고 사람에게 있다. 격 높은 평조(平調) 한 장(章)을 명창 광대가 잘해내지 못하는 것을 보아 알 수 있다. 노래를 멋지게 부른다는 것과 그 양반 멋있다는 것과는 전연 말뜻이 틀린다는 것이다. 관북 관서(關北關西)의 친구를 많이 아는 우리는 지용의 멋있는 훌륭한 시품(詩品)도 알 만하다.

수심가나 근대 일찍 육자배기가 퇴폐적일지는 모르되 남도 소리에 대한 지용의 견해엔 좀 승복치 못할 점이 많다 하겠다. 멋이 소리에만 있을 바 아니거니 운치에 무릎을 꿇어놓는 것이 부당할까 생각한다.

선비 가객이 소위 신멋을 범치 않음을 보라. 멋의 항변이 길어졌으나 지용은 평양서 멋진 기생을 못 만나 보신 듯하다.

코트 바닥은 내일쯤은 백선(白線)을 그을 만하게 습기가 걷혔다. 정연히 라인을 그어 놓아도 난타(亂打)라도 할 벗의 흰 운동복이 되었을까. 사동을 보내 둔다. 론 테니스, 내 청춘의 감격이 무던히 바쳐진 론 테니스, 흰 라인, 하얀 네트, 흰 유니폼, 하얀 볼, 봄볕에 그들은 발랄하다. 라켓 든 손을 흐르는 혈조(血潮), 1초 전에 만들어진 정혈(精血)이리라. 페어플레이의 정신을 나는 론 테니스에서 얻었다 함이 솔직한 고백일 것 같다. 사동이 모래와 흙을 파 들여온다. 화단에 신장(新裝)을 시작한다. 이 구석 저 구석 모여 있는 낙엽은 한 번 진 채 겨울을 났다가 이제야 쓸리운다. 화단에 구르는 낙엽은 겨울의 한 운치임에 틀림없다. 후엽(朽葉)을 추려 보니 몇 종류 안 된다. 동청(冬青)의 표(標)가 안 붙어 있는 초화(草花)가 이곳에서는 곧잘 그대로 동청(冬青)한다. 흙을 새로 깔고 잔디를 떼어다가 선을 두르고 화단의 흙을 만지며 떡 고물 가을 감(感)이 난다.

– 1940년 2월 27일 〈조선일보〉

어젯날이 채 가지도 않아

또 새로운 날이 부챗살을 피는 나라 오—로—라

언덕에는 꽃이 가득히 피고

새들은 수없이 가지에서 노래한다.

_ 박용철, 〈연애〉

봄을 기다리는 마음

-너를 어찌 참아

_박용철

*정지용, 김영랑 등과 '시문학파'를 결성, 순수시를 지향했던 박용철은 세익스피어, 릴케 등의 작품을 직접 번역하기도했던번역가이자평론가이기도했다.

*1935년3월 1일 〈동아일보〉 발표

사월(四月)은 지상잔인(至上殘忍)의 달
죽은 땅에서 라일락을 불러내고
기억과 욕망을 섞어서는
무딘 뿌리를 봄비로 건드린다.
겨울은 우리를 따숩게(따뜻하게) 하였을 뿐
이즘의 눈으로 세상을 덮고
마른 감자로 적은 목숨을 길렀나니.

-엘리엇

봄이라 속에 생명을 품은 나무는 모두 새 가지를 하늘로 뻗히려 한다. 뿌리로 물을 빨아올려 새로운 가지를 하늘로 뻗히려 한다. 그러나 전설의 나라 이 황폐국(荒廢國)에서는 하늘에 비가 끄친 지(그친 지) 오래고 땅에 새

암(샘, 우물)도 마른 지 오래다. 생명의 불길은 제 몸을 불살을 뿐인 불길로 변하고 나리는 봄비도 이미 시들은 뿌리에게는 생명을 기르지 못하고 목마름을 북돋을 뿐이다. 이러한 가운데서도 용서 없이 새로운 가지를 건드려 나오게 하는 『사월(四月)은 잔인지상(殘忍至上)의 달』이오, 잎과 꽃이 피어볼 길 없이 다만, 목마름에 불타기 위해서 뻗혀 나오는 의무를 가진 새 가지는 비극(悲劇) 중의 비극이다. 이러한 기두(起頭)를 가진 『황폐국』의 시는 영국의 현철(賢哲)한 한 시인의 작(作)이라 한다. 더 읽어 가면

여기는 물은 없고 다만 바위……
바위로 이룬 산들
물은 없고
물이 있다면 쉬어서 마시는 것을
바위 속에서야 어찌 쉬며 생각하랴.
여기서는 설수도 누울 수도, 앉을 수도 없고
산속에 고요함조차 없고
헛되이 비도 없는 마른 우레 소리
산속에 외로움조차 없고
진흙 터진 집들의 문에서
험상한 붉은 얼굴들이 비웃고 웅크린다.
여기 물이 있다면
바위가 없고

바위가 있다 해도

물도 함께 있다면……

물 흐르는 소리만이라도 있다면

사월도 가운데(중순)가 되면 벚꽃으로 찬연(燦然)히 장식(裝飾)하는 우리의 아름다운 삼천 리 금수강산에 어찌 잔인지상의 사월을 인유(引喩)하랴. 진달래 꽃 앞에 소졸(素拙)한 화전(花餞)의 풍습은 사라져 간지 오래지만 만발한 벚꽃 아래 배반(杯盤)의 호흥(豪興)은 오히려 성해가거든, 봄이 되어 햇빛 가운데 어딘지 모르게 지금껏 없던 밝은 빛이 생기고, 나뭇가지마다 새로운 빛남이 불어오면 우리의 몸과 양복의 해어진 것을 둘러쌌던 외투(外套)를 사람들은 벗어 던지게 된다. 그것을 한 번 벗어 던지게 되면 감추었던 모든 것이 드러나 파리한 얼굴은 더욱 파리해지고 닳아져 번쩍이는 양복이 선뜩 눈에 뜨이고 눈 위에 오래 버려진 신문지(新聞紙) 쪽을 가까이 들여다본 때 같이 양복 전면에 산재했던 오점(汚點)들은 일순(一瞬)에 그 역력한 과거를 나타낸다.

이 빛나는 새세상에 대한 제 자신(自身)의 부끄러움, 이 부끄러운 흔적(痕跡)들을 옹색하게 싸고 있던 한 벌의 낡은 외투를 벗어던짐으로 말미암아 참말 나신(裸身)이나 되어버린 듯이 부끄러움의 중압(重壓)으로 과지(果枝)같이 구부러지고 만다. 나는 이 낡은 외투로 다시 몸을 싸기를 기뻐한다.

랭보의 어느 시에 여름밤 풀의 훈향(薰香)이 상연(爽然)한 가운데 로맨티시즘의 낡은 저고린가 외투를 입고 만연히 걸어가는 것을 노래한 것이 있다. 나도 잠시 그를 본받을까 한다.

봄을 어찌 참아 기다리랴

봄을 어찌 참아 저주하랴

나는 낭만주의(浪漫主義)보다도 더 낡은 한 벌의 외투를 두르고 초원장제(草原長堤, 아득히 먼 긴 둑)에 풀 속에 꽃도 드문드문한 언덕길을 길이길이 걷고 싶다.

- 1935년 3월 1일 〈동아일보〉

청춘예찬

_민태원

*인생의 황금기인 청춘에 대해 화려하고 강한 어조로 예찬하고 있는 작품
*1929년 〈별건곤〉 6월 호 발표

청춘(靑春)! 이는 듣기만 하여도 가슴이 설레는 말이다.

청춘! 너의 두 손을 가슴에 대고, 물방아 같은 심장의 고동(鼓動)을 들어 보라. 청춘의 피는 끓는다. 끓는 피에 뛰노는 심장은 거선(巨船)의 기관(氣罐)과 같이 힘 있다. 이것이다. 인류의 역사를 꾸며 내려온 동력은 바로 이것이다. 이성은 투명하되 얼음과 같으며, 지혜는 날카로우나 갑 속에 든 칼이다. 청춘의 끓는 피가 아니라면, 인간이 얼마나 쓸쓸하랴? 얼음에 싸인 만물은 얼음이 있을 뿐이다.

그들에게 생명을 불어넣는 것은 따뜻한 봄바람이다. 풀밭에 속잎 나고, 가지에 싹이 트고, 꽃 피고, 새 우는 봄날의 천지는 얼마나 기쁘며, 얼마나 아름다우냐? 이것을 얼음 속에서 불러내는 것이 따뜻한 봄바람이다. 인생에 따뜻한 봄바람을 불어 보내는 것은 청춘의 끓는 피다. 청춘의 피가 뜨거운지라, 인간의 동산에는 사랑의 풀이 돋고, 이상의 꽃이 피고, 희망의 놀이

뜨고, 열락(悅樂)의 새가 운다.

사랑의 풀이 없으면 인간은 사막이다. 오아시스도 없는 사막이다. 보이는 끝까지 찾아다녀도, 목숨이 있는 때까지 방황하여도, 보이는 것은 거친 모래뿐일 것이다. 이상의 꽃이 없으면, 쓸쓸한 인간에 남는 것은 영락(零落)과 부패(腐敗)뿐이다. 낙원을 장식하는 천자만홍(千紫萬紅)이 어디 있으며, 인생을 풍부하게 하는 온갖 과실이 어디 있으랴?

이상! 우리의 청춘이 가장 많이 품고 있는 이상! 이것이야말로 무한한 가치를 가진 것이다. 사람은 크고 작고 간에 이상이 있음으로써 용감하고 굳세게 살 수 있는 것이다. 석가는 무엇을 위하여 설산(雪山)에서 고행을 하였으며, 예수는 무엇을 위하여 광야에서 방황하였으며, 공자는 무엇을 위하여 천하를 철환(轍環)하였는가? 밥을 위하여서, 옷을 위하여서, 미인을 구하기 위하여서 그리하였는가? 아니다. 그들은 커다란 이상, 곧 만천하의 대중을 품에 안고, 그들에게 밝은 길을 찾아주며, 그들을 행복스럽고 평화스러운 곳으로 인도하겠다는 커다란 이상을 품었기 때문이다. 그러므로 그들은 길지 아니한 목숨을 사는가 싶이 살았으며, 그들의 그림자는 천고에 사라지지 않는 것이다. 이것은 현저하게 일월과 같은 예가 되려니와, 그와 같지 못하다 할지라도 창공에 반짝이는 뭇 별과 같이, 산야에 피어나는 군영(群英)과 같이, 이상은 실로 인간의 부패를 방지하는 소금이라 할지니, 인생에 가치를 주는 원질(原質)이 되는 것이다.

그들은 앞이 긴지라 착목(着目)하는 곳이 원대하고, 그들은 피가 더운지라 실현에 대한 자신과 용기가 있다. 그러므로 그들은 이상의 보배를 능히

품으며, 그들의 이상은 아름답고 소담스러운 열매를 맺어, 우리 인생을 풍부하게 하는 것이다.

보라, 청춘을! 그들의 몸이 얼마나 튼튼하며, 그들의 피부가 얼마나 생생하며, 그들의 눈에 무엇이 타오르고 있는가? 우리 눈이 그것을 보는 때에, 우리의 귀는 생의 찬미(讚美)를 듣는다. 그것은 웅대한 관현악(管絃樂)이며, 미묘(微妙)한 교향악(交響樂)이다. 뼈 끝에 스며들어 가는 열락의 소리다. 이것은 피어나기 전인 유소년에게서 구하지 못할 바이며, 시들어 가는 노년에게서 구하지 못할 바이며, 오직 우리 청춘에서만 구할 수 있는 것이다.

청춘은 인생의 황금시대다. 우리는 이 황금시대의 가치를 충분히 발휘하기 위하여, 이 황금시대를 영원히 붙잡아 두기 위하여, 힘차게 노래하며, 힘차게 약동하자.

- 1929년 6월 〈별건곤〉

"뾰, 뾰, 뾰

엄마 젖 좀 주"

병아리 소리.

"꺽, 꺽, 꺽

오냐, 좀 기다려"

엄마 닭 소리.

좀 있다가

병아리들은

엄마 품으로

다 들어갔지요.

_윤동주, 〈병아리〉

어린이 찬미

_방정환

*〈어린이〉지 창간호에 실린 창간사 '처음에'와 더불어 방정환의 아동관을 가장 잘 알 수 있는 작품
*1924년 개벽사에서 펴낸 〈신여성〉 6월호, 제2권 6호 발표

어린이가 잠을 잔다. 내 무릎 앞에 편안히 누워서 낮잠을 자고 있다. 볕 좋은 첫여름 조용한 오후이다.

고요하다는 고요한 것을 모두 모아서 그 중 고요한 것만을 골라 가진 것이 어린이의 자는 얼굴이다. 평화라는 평화 중에 그 중 훌륭한 평화만을 골라 가진 것이 어린이의 자는 얼굴이다. 아니, 그래도 나는 이 고요한 자는 얼굴을 잘 말하지 못하였다. 이 세상의 고요하다는 고요한 것은 모두 이 얼굴에서 우러나는 듯싶게 어린이의 잠자는 얼굴은 고요하고 평화스럽다.

고운 나비의 날개, 비단 같은 꽃잎, 아니 아니, 이 세상에 곱고 보드랍다는 아무것으로도 형용할 수가 없이 보드랍고 고운 이 자는 얼굴을 들여다보라. 그 서늘한 두 눈을 가볍게 감고 이렇게 귀를 기울여야 들릴 만큼 가늘게 코를 골면서 편안히 잠자는 이 좋은 얼굴을 들여다보라. 우리가 종래에 생각해 오던 하느님의 얼굴을 여기서 발견하게 된다.

어느 구석에 먼지만큼이나 더러운 티가 있느냐. 어느 곳에 우리가 싫어할 한 가지 반 가지나 있느냐. 죄 많은 세상에 나서 죄를 모르고, 부처보다도, 예수보다도 하늘 뜻 그대로의 산 하느님이 아니고 무엇이랴.

아무 죄도 갖지 않는다. 아무 획책(劃策)도 모른다. 배고프면 먹을 것을 찾고 먹어서 부르면 웃고 즐긴다. 싫으면 찡그리고, 아프면 울고, 거기에 무슨 꾸밈이 있느냐. 시퍼런 칼을 들고 핍박(逼迫)하여도 맞아서 아프기까지는 방글방글 웃으며 대하는 것이다. 이 넓은 세상에 오직 이 이가 있을 뿐이다.

오오, 어린이는 지금 내 무릎 위에서 잠을 잔다. 더할 수 없는 착함과 더할 수 없는 아름다움을 갖추고 그 위에 또 위대한 창조의 힘까지 갖추어 가진 어린 하느님이 편안하게도 고요한 잠을 잔다. 옆에서 보는 사람의 마음속까지 생각이 다른 번추(煩醜)한 것에 미칠 틈을 주지 않고 고결하게 순화시켜 준다. 사랑스럽고도 부드러운 위엄을 가지고 곱게 곱게 순화시켜 준다.

나는 지금 성당에 들어간 이상의 경건한 마음으로 모든 것을 잊어버리고 사랑스러운 하느님의 자는 얼굴에 예배하고 있다.

어린이는 복되다!

이 때까지 모든 사람들은 하느님이 우리에게 복을 준다고 믿어왔다. 그 복을 많이 가져 온 이가 어린이다. 그래 그 한없이 많이 가지고 온 복을 우리에게도 나누어준다. 어린이는 순 복덩어리다.

마른 잔디에 새풀이 나고 나뭇가지에 새움이 돋는다고 제일 먼저 기뻐

날뛰는 이도 어린이다. 봄이 왔다고 종달새와 함께 노래하는 이도 어린이고, 꽃이 피었다고 나비와 함께 춤을 추는 이도 어린이다. 별을 보고 좋아하고 달을 보고 노래하는 것도 어린이요, 눈 온다고 기뻐 날뛰는 이도 어린이다.

산을 좋아하고 바다를 사랑하고 큰 자연의 모든 것을 골고루 좋아하고 진정으로 친애하는 이가 어린이요, 태양과 함께 춤추며 사는 이가 어린이다.

그들에게는 모든 것이 기쁨이요, 모든 것이 사랑이요, 또 모든 것이 친한 동무다. 자비와 평등과 박애와 환희와 행복과 이 세상 모든 아름다운 것만 한없이 많이 가지고 사는 이가 어린이다. 어린이의 살림 그것 고대로가 하늘의 뜻이다. 우리에게 주는 하늘의 계시(啓示)이다.

어린이의 살림에 친근할 수 있는 사람, 어린이 살림을 자주 들여다볼 수 있는 사람— 배울 수 있는 사람은 그만큼 행복을 얻을 것이다.

어린이와 마주 대하고는 우리는 찡그리는 얼굴, 성낸 얼굴, 슬픈 얼굴을 못짓게 된다. 아무리 성질 곱지 못한 사람일지라도 어린이와 얼굴을 마주하고는 험상한 얼굴을 못가질 것이다. 어린이와 마주 앉을 때 적어도 그 잠깐 동안은— 모르는 중에 마음의 세례(洗禮)를 받고 평상시에 가져 보지 못하는 미소를 띤 부드러운 좋은 얼굴을 갖게 된다. 잠깐 동안일망정 그 동안 순화되고 깨끗해진다.

어떻게든지 우리는 그 동안 순화되는 동안을 자주 가지고 싶다.

하루라도 3천 가지 마음 지저분한 세상에서 우리의 맑고도 착하던 마음을 얼마나 쉽게 굽어 가려고 하느냐? 그러나 때로는 방울을 흔들면서 참됨이 있으라고 일깨워주고 지시해주는 어린이의 소리와 행동은 우리에게 큰 구제의 길이 되는 것이다.

우리가 피곤한 몸으로 일에 절망하고 늘어진 때에 어둠에 빛나는 광명의 빛깔이 우리 가슴에 한 줄기 빛을 던지고 새로운 원기와 위안을 주는 것도 어린이만이 가진 존귀한 힘이다. 어린이는 슬픔을 모른다. 그리고 음울한 것을 싫어한다. 어느 때 보아도 유쾌하고 마음 편하게 논다. 아무델 건드려도 한없이 가진 기쁨과 행복이 쏟아져 나온다. 기쁨으로 살고 기쁨으로 커간다. 뻗어나가는 힘! 그것이 어린이다. 인류의 진화와 향상도 여기에 있는 것이다.

어린이에게서 기쁨을 빼앗고 어린이 얼굴에다 슬픈 빛을 지어 주는 사람이 있다 하면 그보다 더 불행한 사람은 없을 것이요, 그보다 더 큰 죄인은 없을 것이다. 어린이의 기쁨을 상해 주어서는 못쓴다. 그리할 권리도 없고 그리할 자격도 없건마는…… 무지한 사람들이 어떻게 많이 어린이들의 얼굴에 슬픈 빛을 지어 주었느냐.

어린이들의 기쁨을 찾아주어야 한다. 어린이들의 기쁨을 찾아주어야 한다.

어린이는 아래 세 가지 세상에서 온통 것을 미화시킨다.

이야기 세상 — 노래의 세상 — 그림의 세상

어린이 나라에 세 가지 예술이 있다. 어린이들은 아무리 엄격한 현실이라도 그것을 이야기로 본다. 그래서 평범한 일도 어린이의 세상에서는 그것이 예술화하여 찬란한 미와 흥미를 더하여 가지고 어린이 머릿속에 전개된다. 그래 항상 이 세상 모든 것을 아름답게 본다.

어린이들은 또 실제에서 경험하지 못한 일을 이야기 세상에서 훌륭히 경험한다. 어머니와 할머니 무릎에 앉아서 재미있는 이야기를 들을 때 그는 아주 이야기에 동화(同化)해 버려서 이야기 세상 속에 들어가서 이야기에 따라 왕자도 되고, 고아도 되고, 또 나비도 되고, 새도 된다. 그렇게 해서 어린이들은 자기가 가진 행복을 더 늘려 가는 것이다.

어린이는 모두 시인이다. 본 것 느낀 것을 그대로 노래하는 시인이다. 고운 마음을 가지고, 어여쁜 눈을 가지고 아름답게 보고 느낀 그것이 아름다운 말로 굴러 나올 때, 나오는 모두가 시가 되고 노래가 된다. 여름날 성한 나무숲이 바람에 흔들리는 것을 보고 바람의 어머니가 아들을 보내어 나무를 흔든다고 보는 것도 그대로 시요, 오색의 찬란한 무지개를 보고 하느님 따님이 오르내리는 다리라고 하는 것도 그대로 시다.

개인 밤 밝은 달의 검은 점을 보고는,

저기 저기 저 달 속에　계수나무 박혔으니　금도끼로 찍어내고
옥도끼로 다듬어서　초가삼간 집을 짓고　천 년 만 년 살고지고

고운 노래를 높이어 이렇게 노래 부른다. 밝디 밝은 달님 속에 계수나무를 금도끼 은도끼로 찍어내고 다듬어서 초가삼간 집을 짓자는 생각이,

새야 새야 파랑새야　녹두밭에 앉지마라

녹두꽃이 떨어지면　청포장수 울고 간다.

이러한 고운 노래를 기꺼운 마음으로 소리 높여 부를 때, 그들의 고운 넋이 얼마나 아름답게 우쭐우쭐 자라갈 것이랴? 위의 두 가지 노래는 어린이 자신의 속에서 우러나오는 것이 아니고 큰 사람이 지은 것일지도 모른다. 그러하나 몇 해 몇 십 년 동안 어린이들의 나라에서 불러내려서 어린이의 것이 되어 내려온 거기에 그 노래에 스며진 어린이의 생각, 어린이의 살림, 어린이의 넋을 볼 수 있는 것이다.

어린이는 그림을 좋아한다. 그리고 또 그리기를 좋아한다. 조금도 기교가 없는 순진한 예술을 낳는다. 어른의 상투를 재미있게 보았을 때 어린이는 몸뚱이보다 큰 상투를 그려놓는다. 얼마나 솔직한 표현이냐. 얼마나 순진한 예술이냐.

지나간 해 여름이다. 서울 천도교당에서 여섯 살 된 어린이에게 이 집 교당(내부 전체를 가리키면서)을 그려보라 한 일이 있었다. 어린이는 서슴지 않고 종이와 붓을 받아들더니 거침없이 네모 번듯한 사각 하나를 큼직하게 그려서 나에게 내밀었다. 얼마나 놀라운 일이냐? 그 어린 동무가 그 큰 집에 들어앉아서 그 집을 보기는 크고 네모 번듯한 넓은 집이라고 밖에 더 달리 복잡하게 보지 아니한 것이었다. 얼마나 순진스럽고 솔직한 표현이냐? 거기에 아직 더럽혀지지 아니한 이윽고는 큰 예술을 낳아 놓을 무서운 참된 힘이 숨어 있다고 나는 믿는다. 한 포기 풀을 그릴 때 어린 예술가는 연필을 쥐고 거리낌 없이 쭉쭉 풀줄기를 그린다. 그러나 그 한 번에 쭉 내어그은 그 선이 얼마나 복잡하고 묘하게 자상한 설명을 주는지 모른다.

위대한 예술을 품고 있는 어린이여! 어떻게도 이렇게 자유로운 행복만을 갖추어 가졌느냐?

어린이는 복되다. 어린이는 복되다. 한이 없는 복을 가진 어린이를 찬미하는 동시에 나는 어린이 나라에 가깝게 있을 수 있는 것을 얼마든지 감사한다.

- 1924년 〈신여성〉 6월호, 2권 6호

꽃에 물 주는 뜻은

봄 오거던 꽃 피라는 말입니다.

_ 오일도, 〈꽃에 물 주는 뜻은〉 중에서

구두

_계용묵

*작가의 체험을 바탕으로 한 소설 형식의 작품
*1949년 9월 〈문예〉지 발표 후 1955년 단행본 〈상아탑〉에 수록

구두 수선을 주었더니 뒤축에다가 어지간히는 큰 징을 한 개씩 박아놓았다. 보기가 흉해서 빼어버리라고 하였더니, 그런 징이래야 한동안 신게 되고, 무엇이 어쩌구 하며 수다를 피는 소리가 듣기 싫어, 그대로 신기는 신었으나, 점잖지 못하게 저벅저벅 그 징이 땅바닥에 부딪치는 금속성 소리가 심히 귀맛에 역했다. 더욱이 시멘트 포도(鋪道, 포장한 길)의 단단한 바닥에 부딪쳐 낼 때의 그 음향이란 정말 질색이었다. 또그닥, 또그닥, 이건 흡사 사람이 아닌 말발굽 소리다.

어느 날 초어스름이었다. 좀 바쁜 일이 있어 창경원 곁 담을 끼고 걸어 내려오니 앞에서 걸어가던 이십 내외의 어떤 한 젊은 여자가 이 이상하게 또그닥 거리는 구두 소리에 안심이 되지 않는 모양으로 슬쩍 고개를 돌려 또그닥 소리의 주인공을 물색하고 나더니 별안간 걸음이 빨라진다.

그러는 걸 나는 그저 그러는가 보다 하고 내가 걸어야 할 길만 그대로 걷

고 있었더니, 얼마쯤 가다가 이 여자는 또 뒤를 한 번 힐끗 돌아다본다. 그리고 자기와 나와의 거리가 불과 지척 사이임을 알고는 빨라지는 걸음이 보통이 아니었다. 뛰다 싶은 걸음으로 치맛귀가 웅이(雄毅, 씩씩하고 굳셈)하게 내닫는다. 나의 그 또그닥 거리는 구두 소리는 분명 자기를 위협하느라고 일부러 그렇게 따악딱 땅바닥을 박아내며 걷는 줄로만 아는 모양이다.

그러나 이 여자더러 내 구두 소리는 그건 자연이요, 고의가 아니니 안심하라고 일러 드릴 수도 없는 일이고, 그렇다고 어서 가야 할 길을 아니 갈 수도 없는 일이고 해서 나는 그 순간 좀 더 걸음을 빨리 하여 이 여자를 뒤로 떨어트림으로 공포에의 안심을 주려고 한층 더 걸음에 박차를 가했더니, 그럴 게 아니었다. 도리어 이것이 이 여자로 하여금 위협이 되는 것이었다.

내 구두 소리가 또그닥 또그닥 좀 더 빨라지자 이에 호응하여 또각또각, 굽 높은 뒤축이 어쩔 바를 모르고 걸음과 싸우며 유난히도 몸을 일어내는 그 분주함이란 있는 마력은 다 내보는 동작에 틀림없었다. 그리하여 또그닥 또그닥, 또각또각, 한참 석양 노을이 내려 비치기 시작하는 인적 드문 포도 위에서 이 두 음향의 속 모르는 싸움은 자못 그 절정에 달하고 있었다.

나는 이 여자의 뒤를 거의 다 따랐던 것이다. 2, 3보만 더 내디디면 앞으로 나서게 될 그럴 계제였다. 그러나 이 여자 역시 힘을 다하는 걸음이었다. 그 2, 3보라는 것도 그리 용이히 따라지지 않았다. 한참 내 발부리에도 풍진이 일었는데, 거기서 이 여자는 뚫어진 옆 골목으로 살짝 빠져 들어선다. 다행한 일이었다. 한숨이 나간다. 이 여자도 한숨이 나갔을 것이다. 기웃해 보니 기다랗게 내뚫린 골목으로 이 여자는 횡하니 내닫는다. 이 골목 안이 저의 집인지, 혹은 나를 피하느라고 빠져 들어갔는지 그것은 알 바 없으나, 나로선 이 여자가 나를 불량배로 영원히 알고 있을 것임이 서글픈 일이다.

여자는 왜 그리 남자를 믿지 못하는 것일까. 여자를 대하자면 남자는 구두 소리에까지도 세심한 주의를 가져야 점잖다는 대우를 받게 되는 것이라면 이건 이성에 대한 모욕이 아닐까 생각을 하며 나는 그 다음으로 그 구두징을 뽑아 버렸거니와 살아가노라면 별한데다가 다 신경을 써 가며 살아야 되는 것이 사람임을 알았다.

-1949년 9월 〈문예〉

길가에서 이름도 모르는 꽃을 보고서,

행여 근심을 잊을까 하고 앉아 보았습니다.

꽃송이에는 아침 이슬이 아직 마르지 아니한가 하였더니,

아아, 나의 눈물이 떨어진 줄이야 꽃이 먼저 알았습니다.

_ 한용운, 〈꽃이 먼저 알아〉 중에서

청란몽(靑蘭夢)

_이육사

*투병 중 난초에 관한 꿈을 꾸었던 일을 소재로 쓴 매우 독특하고 참신한 작품
*1940년 9월 〈문장〉 발표

거리에 마로니에가 활짝 피기는 아직도 한참 있어야 할 것 같다. 젖구름 사이로 기다란 한 줄 빛깔이 흘러 내려온 것은 마치 바이올린의 한 줄 같이 부드럽고도 날카롭게 내 심금(心琴)의 어느 한 줄에라도 닿기만 하면 그만 곧 신묘(神妙)한 멜로디가 흘러나올 것만 같다.

정녕 봄이 온 것이다.

이 가벼운 게으름을 어째서 꼭 이겨야만 될 턱이 있으랴.

대웅성좌(大熊星座, 큰곰자리)가 보이는 내 침대는 바다 속보다도 고요할 수 있는 것이 남모르는 자랑이었다. 나는 여기서부터 표류기(漂流記)를 쓸 수도 있는 것이다. 날씬한 놈, 몽땅한 놈, 나는 놈, 기는 놈, 달리는 놈, 수없이 많은 어족(漁族, 어류)들의 세상을 찾았는가 하면 어느 때는 불에 타는 열사(熱砂, 뜨거운 모래)의 나라 철수화(鐵樹花, 소철꽃)나 선인장들이 가시성 같이 무성한 위에 황금사북(가장 중요한 부분을 비유적으로 이르는

말) 같이 재겨(촘촘한 틈을 벌리고 집어넣어) 붙인 작은 꽃들, 그것은 죽음에의 유혹같이 사람의 영혼을 할퀴곤 하였다.

소낙비가 지나가고 무지개가 서는 곳엔 맑은 시냇물이 흘렀다. 계류(溪流)를 따라 올라가면 자운영 꽃이 들로 하나 다복이(탐스럽고 소복한) 핀 두렁길로 하늘에 닿을 듯한 전나무 숲 사이로 들어가면 살림맥이들은 잇풀을 뜯어먹다간 벗말을 불러 소리치곤 뛰어가는 곳, 하얀 목책이 죽 둘린 너머로 수정궁 같이 깨끗한 집들이 즐비한 곳에 화강암으로 깎아 박은 돌계단이 기다랗게 하양(夏陽, 여름 볕)의 옅은 햇살을 받아 진주가루라도 흩뿌리는 듯 눈이 부시다.

마치 어느 나라의 왕궁인 듯 호화스럽다. 그렇다면 왕은 수렵이라도 가고 궁전만은 비어 있는 것일까 하고 돌 축을 하나하나 밟아 가면 또다시 기다란 줄 행랑(行廊)이 축을 하나하나 밟아 가면 또다시 기다란 줄 행랑이 있는 것이고, 그것을 오른편으로 돌아들어 왼편으로 보이는 별실(別室)은 서재인 듯 조용한 목에 뜰 앞에 조롱들 속에서 빛깔 다른 새들이 시스마금('각각 알아서' 혹은 '제각각'이란 뜻의 경상도 사투리) 낯선 손님을 맞아 아는 체하고 재재(조금 수다스럽게 재잘거리는 소리)거린다. 그 아래로 화단에는 저마다 다른 제 고향의 향기를 뽑아 멀리서 온 에트랑제(낯선 사람, 이방인)는 취하면 혼혼하게 잠이 들 수도 있는 것이다.

가벼운 바람과 함께 앞창이 슬쩍 열리고는 공주보다 교만해 보이는 젊은 여자 손에는 새파란 줄기에 양호필(羊毫筆, 양털로 만든 붓) 같이 하얀 봉오리가 달린 난화(蘭花)를 한 다발 안고 와서는 뒤를 돌아보며 시비(侍婢,

계집종)를 물리치곤 내 책상 위에 은으로 만든 화병에다 한 대를 골라 꽂아 두곤 무슨 말을 할 듯하다가는 그만 부끄러운 듯이 아무런 말도 하지 못하고 조심조심 물러가고 만 것이었다. 달빛이 창백하게 흐르면 유리창을 넘어서 내 방은 추워졌다. 병든 마음이었고 피곤한 몸이었다. 십 년이나 되는 긴 세월을 나는 모든 것을 내 혼자 병들어 본다. 병도 나에게는 한 개의 향락일 수 있기 때문이었다. 아무도 없는 무덤 같은 방 안에서 혼자서 꿈을 꿀 수가 있지 않은가. 잠이 깨면 또 달이 밝지 않은가. 그 꿈만은 아니었다. 그 여자가 화병에 꽂아주고 간 난꽃이 그냥 남아 있는 것이 아닌가.

그 복욱하고(향기가 그윽한) 청렬한(물이 맑고 찬) 향기가 몇 천만 개의 단어보다도 더 힘차게, 더 따사롭게 내 영혼에 속삭이는 말 아닌 말이 보다 더 큰, 더 행복된 위안이 어디 있으므로 이것을 꿈이라 헛되다고 누가 말하리오. 진정 헛된 꿈이라고 말하면 꿈 그대로 살아보는 것도 또한 쾌하지 않은가.

나는 때로 거리를 걸어 보기도 하나 그 꿈속에 걸어 본 거리와 그 여자의 모습은 영영 볼 수는 없는 것이었다. 때로 꽃집을 들러도 보고 난꽃을 찾아도 보았으나 내 머리 속에 태워 붙인 그것처럼 사라질 줄 모르는 향기는 찾아볼 수 없었다. 꿈은 유쾌한 것, 영원한 것이기도 하다.

-1940년 9월 〈문장〉

돌담에 소색이는 햇발같이

풀 아래 웃음 짓는 샘물같이

내 마음 고요히 고흔 봄 길 위에

오늘 하루 하늘을 우러르고 싶다.

_ **김영랑, 〈돌담에 속삭이는 햇발〉 중에서**

그믐달

_나도향

*그믐달을 다양한 여성에 비유하여 애절하고 한스러운 이미지를 형상화한 작품
*1925년 〈조선문단〉 1월호 발표

나는 그믐달을 몹시 사랑한다.

그믐달은 너무도 요염하여 감히 손을 댈 수도 없고 말을 붙일 수도 없이 깜찍하게 예쁜 계집 같은 달인 동시에 가슴이 저리고 쓰리도록 가련한 달이다.

서산 위에 잠깐 나타났다 숨어 버리는 초생달(초승달)은 세상을 후려 삼키려는 독부(毒婦)가 아니면, 철모르는 처녀 같은 달이지만, 그믐달은 세상의 갖은 풍상을 다 겪고 나중에는 그 무슨 원한을 품고서 애처롭게 쓰러지는 원부(怨婦)와 같이 애절하고 애절한 맛이 있다.

보름의 둥근 달은 모든 영화와 끝없는 숭배를 받는 여왕 같은 달이지만, 그믐달은 애인을 잃고 쫓겨남을 당한 공주와 같은 달이다.

초생달이나 보름달은 보는 이가 많지만, 그믐달은 보는 이가 적어 그만큼 외로운 달이다. 객창한등(客窓寒燈)에 정든 임 그리워 잠 못 들어 하는 분

이나, 못 견디게 쓰린 가슴을 움켜잡은 무슨 한 있는 사람 아니면, 그 달을 보아주는 이가 별로 없는 것이다. 그는 고요한 꿈나라에서 평화롭게 잠든 세상을 저주하며 머리를 풀어헤치고 우는 청상과 같은 달이다.

내 눈에는 초생달 빛은 따뜻한 황금빛에 날카로운 쇳소리가 나는 듯하고, 보름달을 쳐다보면 하얀 얼굴이 언제든지 웃는 듯하지만, 그믐달은 공중에서 번쩍하는 날카로운 비수와 같이 푸른빛이 있어 보인다.

내가 한 있는 사람이 되어서 그러한지는 모르되, 내가 그 달을 많이 보고 또 보기를 원하지만, 그 달은 한 있는 사람만 보아주는 것이 아니라, 늦게 돌아가는 술주정꾼과 노름하다 오줌 누러 나온 사람도 보고, 어떤 때는 도둑놈도 보는 것이다.

어떻든지, 그믐달은 가장 정 있는 사람이 보는 중에, 또는 가장 한 있는 사람이 보아주고, 또 가장 무정한 사람이 보는 동시에 가장 무서운 사람들이 많이 보아준다.

내가 만일 여자로 태어날 수 있다면, 그믐달 같은 여자로 태어나고 싶다.

-1925년 〈조선문단〉 1월호

대동강

_김동인

*독자와 대화하는 형식으로 이루어진 매우 독특한 작품
*1930년 9월 6일 〈매일신보〉 발표

그대는 길신의 지팡이를 끌고 여행에 피곤한 다리를 평양에 쉬어 본 적이 있는지? 그대가 만약 길신의 발을 평양에 들여 놓을 기회가 있으면 그대는 피곤한 몸을 잠시 객줏집에서 쉰 뒤에 지팡이를 끌고 강변의 큰길로써 모란봉에 올라가 보라. 한 걸음 두 걸음 그대의 발이 구시가의 중앙까지 이르면 그 때에 문득 그대의 오른손 쪽에는 고색(古色)이 창연한 대동문(大同門)이 나타나리라. 그리고 그 문 통 안에서는 서로 알고 모르는 허다한 사람들이 가슴을 젖혀 헤치고 부채로써 가슴의 땀을 날리며, 세상의 온갖 군잡스럽고(쓸모없는) 시끄러운 문제를 잊은 듯이 한가로이 앉아서 태곳적 이야기에 세월 가는 줄 모르는 것을 발견하리라.

그곳을 지나 그냥 지팡이를 끌고 몇 걸음만 더 가면 그대의 앞에는 문득 연광정(鍊光亭)이 솟아 있으리니, 옛적부터 많은 시인(詩人) 가객(歌客)들이 수없는 시와 노래를 얻은 곳이 이 정자다. 그리고 연광정 아래는 이 세상의 온갖 계급관념을 무시하듯이 점잖은 사람이며, 상스런 사람이며, 늙은이며, 젊은이가 서로 어깨를 걸고 앉아서 말없이 저편 아래로 흐르는 대동강 물만 내려다보고 있으리라.

그들의 눈을 따라 그대가 눈을 옮기어 그 사람들이 바라다 보는 대동강을 내려다 보면 그대들은 조그만 어선을 발견하겠지. 혹은 기다란 수상선(水上船)도 발견하겠지. 그러나 그밖에는 장청류(長淸流)의 대동강이 있을 따름이리라.

거기 기이(奇異)를 느낀 그대가 목청을 돋우어서 그들에게,

"공들은 무엇을 보는가?"

하고 질문을 던질 것 같으면 그들은 머리를 돌리지도 않고 시끄러운 듯이 한 마디로 대답하리라.

"물을!"

"물을?"

"물은 공들의 부엌에도 얼마든지 있지 않은가? 물이 그렇듯 재미있는가?"

그대가 만약 두 번째의 질문을 던지면 그들은 비로소 처음으로 머리를 그대에게로 돌리리라. 그러고는 가장 경멸하는 눈초리를 잠시 그대의 위에 부었다가 말없이 머리를 물 쪽으로 돌리리라.

그곳에 커다란 호기심을 남겨두고 그대가 다시 지팡이를 끌고 오른손 쪽으로 대동강을 내려다보면서 청류벽(淸流壁)을 끼고 부벽루(浮碧樓)까지 올라가 거기서 다시 모란봉으로— 또 돌아서면서 을밀대(乙密臺)로, 을밀

대에서 기자묘(箕子墓) 송림(松林)으로, 현무문(玄武門)으로— 우리의 없은 조상을 위하여 옷깃을 눈물로 적시며, 혹은 회고의 염(念)에 한숨을 지으며, 왕손(王孫)은 거불귀(去不歸)라는 옛날의 시(詩)를 통절히 느끼면서 돌아본 뒤에 다시 시가로 향하여 내려온다고 하자.

그 때에 그대가 호기심으로써 다시 연광정 앞의 아까의 그곳까지 발을 들여놓으면, 그대는 거기서 아까의 그 사람들이 아직도 돌아가지 않고 자리의 한 걸음의 변동조차 없이 아까 그 모양대로 앉아서 역시 뜻 없이 장청류의 대동강을 내려다보고 있는 것을 발견하겠지.

그들은 집이 없나?

그들은 점심을 먹었나?

그들은 처자가 없나?

그리고 그들은 그 평범한 '물의 흐름'에 왜 그다지 흥미를 가졌나?

여기 평양 사람의 심정이 있다. 여기서 평양 사람의 정서는 뛰놀고, 여기서 평양 사람의 공상은 비약하고, 여기서 평양 사람의 환몽은 약동하고, 여기서 평양 사람의 노래가 읊어지는 것이다.

그대가 만약 이러한 사정을 알 것 같으면, 그 염증 없이 장청류의 대동강만 내려다 보고, 집안도 잊고, 처자도 잊고, 주림도 잊고 앉아 있는 허다한 무리를 관대한 마음으로 용서하기는커녕 일종의 존경의 염까지 생기겠지.

– 1930년 9월 6일 〈매일신보〉

문 열자 선뜻!

먼 산이 이마에 차라.

……

어름 금 가고 바람 새로 따르거니

흰 옷고롬 절로 향기롭어라.

옹숭거리고 살어난 양이

아아, 꿈 같기에 설어라.

_ 정지용, 〈춘설〉 중에서

낭객의 신년 만필

_신채호

*만필(漫筆)-일정한형식에구애받지않고즉흥적이고풍자적으로가볍게쓴글
*1925년1월2일 〈동아일보〉 발표

신년의 만필(漫筆)이 무엇이냐? 신년의 연하장(年賀狀)을 올리려 하나 시각대변(時刻大變)의 병자에게 만수무강의 축사를 드림과 같고, 신년의 감상담이나 쓰려 하나 운유(雲遊)의 낭객(浪客)이 너무 명사의 구문을 배움이 주제넘은지라, 신 것, 매운 것, 단 것, 쓴 것, 생각나는대로 쓴 글인 고로 〈신년의 만필〉이라 제(題)하노라.

一, 도덕과 주의의 표준

옛날(舊時)의 도덕이나 금일의 주의(主義)란 것이 그 표준이 어디서 났느냐? 이해(利害)에서 났느냐? 시비에서 났느냐? 만일 시비의 표준에서 났다하면 〈청구이담집(青丘俚談集)〉에 보인 것과 같이 나무의 그늘에서 삼하(三夏)의 더위를 피하고는 겨울에 그 나무를 베어 불을 때는 인류며, 소를 부리어 농사를 짓고는 그 소를 잡아먹는 인류며, 박연암(朴燕巖)의 〈호

질(虎叱)》 문에 말한 것같이 벌과 황충이의 양식을 빼앗는 인류니, 인류보다 더 죄악 많은 동물이 없은즉, 먼저 총으로, 폭탄으로, 대포로, 세계를 습격하여 인류의 종자를 멸절하여야 할 것이 아니냐? 그러므로 인류는 이해 문제뿐이다. 이해 문제를 위하여 석가도 나고, 공자도 나고, 예수도 나고, 마르크스도 나고, 크로포트킨도 났다. 시대와 경우가 같지 않으므로 그들의 감정의 충동도 같지 않아 그 이해 표준의 대소 광협(廣狹)은 있을망정 이해는 이해이다. 그의 제자들도 본사(本師)의 정의(精義)를 잘 이해하여 자기의 이(利)를 구하므로, 중국의 석가가 인도와 다르며, 일본의 공자가 중국과 다르며, 마르크스도 카우츠키의 마르크스와 레닌의 마르크스와 중국이나 일본의 마르크스가 다 다름이다.

우리 조선 사람은 매양 이해 이외에서 진리를 찾으려 하므로 석가가 들어오면 조선의 석가가 되지 않고 석가의 조선이 되며, 공자가 들어오면 조선의 공자가 되지 않고 공자의 조선이 되며, 무슨 주의가 들어와도 조선의 주의가 되지 않고 주의의 조선이 되려 한다. 그리하여 도덕과 주의를 위하는 조선은 있고, 조선을 위하는 도덕과 주의는 없다.

아! 이것이 조선의 특색이냐. 특색이라면 특색이나 노예의 특색이다. 나는 조선의 도덕과 조선의 주의를 위하여 곡(哭)하려 한다.

二, 이해와 권형

도덕과 주의가 인류의 이해의 표준에서 생기었다 하면 우리가 해를 피하고 이만 취함이 가할지니, 그러면 나라를 팔아 일신일가의 온포(溫飽)를 구함도 가할까? 한규설(韓圭卨)과 같이 이등(伊藤)의 호령에 소아처럼 울고 도주하여 재산의 문서를 안고 일생을 애첩의 품에서 보냄도 가할까? 일진회(一進會) 같이 합병을 선언하여 노예의 구생(苟生)을 취함도 가할까? 참정권 같은 것이라도 운동함이 가할까? 이러한 단시안(短視眼)의 이해는 이해가 아니다.

구복(口腹)을 충(充)할 수 있을지라도 인신(人身)이 구체(狗彘)로 타락된다 하면 이(利)가 아니라 해(害)뿐이며, 일신의 안락을 얻을지라도 부모·형제·자매·친척·목전의 동포·미래의 자손을 노적(奴籍)에 올릴진대 이가 아니라 해뿐이니, 그러므로 개인이 되어서는 이완용(李完用)이나 한규설(韓圭卨)이 되지 않고 민영환(閔泳煥)이 됨이며, 단체가 되어서는 일진회가 되지 않고 해산·체포 등을 당하는 단체가 됨이며, 사회를 위하여는 미국 보호의 선정을 받느니보다 차라리 독립자유의 가정하(苛政下)에서 생활함을 좋아한다는 필리핀 모(某) 지사의 언설(言說)이 있으니, 이는 다 소극적 방면에서 타산한 이해요, 혹은 민족의 자유를 위하여 혹은 계급의 평등을 위하여 목전에 유혈천리 복시백만의 참해가 있음을 불고(不顧)하고, 미래의 실제상 혹 정신상의 어떠한 이익을 취하나니, 그러므로 성공한 러시아(露西亞, 로서아)의 공산당이나 실패한 아일랜드(愛爾蘭, 애이란)의 싱픈 당이 같이 인류의 교훈을 끼침이니, 이는 적극적 방면에서 타산한 이해이다.

매양 목전의 이해만 타산하여 "인구감소의 화(禍)만 있으라"하고 갑의 행동을 비난하며, "경제 손실의 해만 있으랴"고 을의 주장을 조소하는 자가 많으므로 이미 작고한 모(某) 공이 말하되 "나는 학자를 보기가 싫습니다. 누구의 무슨 경영에든지 학자들은 대소강약의 숫자적 비교의 안목으로 필패의 단안을 내립니다. 필패필망(必敗必亡)할지라도 아니 할 수 없는 일이 있는 줄은 요새 학자의 모르는 일입니다"하였다.

아! 목하(目下)에만 보이는 대소다과의 차이나 비교하는 단시안의 학자야 무슨 학자이냐. 우리의 경우는 아무리 필성필흥(必成必興)의 합리적·숙명적인 운동이라도 최근의 단거리 이내에서는 실패뿐, 사망뿐일 것이 명백하다. 학자나, 주의자나, 운동자나 그가 그 같은 천근(淺近)한 언론행동을 버리어라. 그리하여 모 공의 천대영혼(泉臺英魂)의 회진(回嗔)을 받지 말지어다.

三, 병을 따라 약을 쓰자

우리 조선이 고대부터 고정한 계급제가 있어 고구려의 오부(伍部), 백제의 팔성(八姓), 신라의 삼골(三骨)이 모두 귀(貴)와 부를 소유한 자의 별명이다. 미천왕(美川王)이 어린 시절에 용노(傭奴)가 되어 주인의 안면(安眠)하기를 위하여 문 앞 못 속에 우는 개구리를 금지하노라고 밤을 새우며, 김유신의 대공으로도 왕경(王京) 귀족들이 한 자리에 앉지 않으려 한 모든 역사가 그 생활의 현수(懸殊)와 차별의 엄절(嚴絶)을 말한다. 우리 선민들이 이것을 타파하여 사회문제를 해결하려 하여 반역혁명의 종적이 그 모호불비(模糊不備)한 역사의 기록 속에도 자주 출몰하였으나, 당(唐)의 외구(外寇)가 여·제 양국을 유린하며 그 맹아가 최절(摧折)되며, 고려 일대에 더욱 양반 대 군주의 쟁투, 노예·잡류 대 양반의 쟁투에 누차의 유혈이 있었으나, 몽고의 외구가 침입하여 그 영향이 침적(沈寂)하였으며, 이태조가 고려대의 사제유폐(四制遺蔽)를 개혁하여 빈부의 조화를 도모하였으나, 그 귀천의 계급이 존재하므로 미구에 다시 그 하극(罅隙)이 폭열하여 소년계·검계(劍楔)·양반 살륙계 등 비밀혁명단체가 분기하더니 또한 임진난의 8년 병화로 말미암아 팔도가 창잔(瘡殘)함에 드디어 그 종자까지 멸절되었다.

이와 같이 사회 진화의 경로를 개척하려는 혁명이 매양 반혁명적 외구(外寇) 때문에 붕괴됨을 보면, 이제 송곳 못으로 박을 땅도 없이 타인에게 빼앗기고, 소수의 소상업가들은 선진국 생산품의 수입을 소개하는 중간에서 떨어지는 밥풀을 주워 먹게 되고, 경찰들과 군대가 끊임없이 위압을 주는 판에서 사회의 조직부터 개혁하려 함은 너무 우거(愚擧)가 아닌가 한다. 오직 소작인의 운동 같은 것은 지주의 잔악을 저제(抵制)하여 일시의 급박한 동포의 궁민(窮民)을 구하는 유일 방법이니, 이는 시대 조류의 여택(餘澤)이 아니라 할 수 없다.

四, 유산자보다 나은 무산자의 존재를 잊지 마라

연(年) 전 상해에서 〈民衆(민중)〉이란 주일신문에 어떤 문사가 이러한 논문을 썼다.

"조선인 중에도 유산자는 세력있는 일본인과 같고, 일본인 중에도 무산자는 가련한 조선인과 한 가지니, 우리 운동을 민족으로 나눌 것이 아니요, 유무산으로 나눌 것이다"고.

유산계급의 조선인이 일본인과 같다 함은 우리도 승인하는 바이거니와, 무산계급의 일본인을 조선인으로 본다 함은 몰상식한 언론인가 하니, 일본인이 아무리 무산자일지라도 그래도 그 뒤에 일본제국이 있어 위험이 있을까 보호하며, 재해에 걸리면 보조하며, 자녀가 나면 교육으로 지식을 주도록하여 조선의 유산자보다 호화로운 생활을 누릴뿐더러 하물며 조선에 이식한 자는 조선인의 생활을 위협하는 식민의 선봉이니, 무산자의 일본인을 환영함이 곧 식민의 선봉을 환영함이 아니냐.

수백 년 비열한 외교 밑에서 생장한 식민지 백성들인 까닭에 무엇보다도 외교를 중시하여 매양 위급 멸망의 때를 당하면 제3자에 대한 외교는 물론이거니와 곧 위급멸망의 화를 가하려는 상대자에 대한 외교까지도 서둘러서, 갑진년과 을사년의 사이에 일본정부에 올린 장서가 날로 날 듯하며, 일본인 통감 이등박문에게 바치는 진정서가 빗발치듯 하며, 오조약 체결할 때는 신문지에 오적을 베이는 필검이 삼엄하지만, 일본대사 이등박문에게는 애걸의 뜻을 표하며, 독립자강으로 주의삼는다는 대한자강회에 일본인 협잡배의 대원장부를 어른으로 모시더니, 오늘에 와서 주의를 부르고 강권을 반대하지만 기실은 정부가 민중으로 변할뿐이며, 집정대신이 일본 무산자로 변할 뿐이며, 통감 이등박문·군사령관 장곡천이 편산잠·계리언으로 변할 뿐이니, 변하는 것은 그 명사 뿐이요 정신은 의구하다. 그러나 민중의 외교도 매양 생활의 이해가 낙착되나니, 일본 무산자를 조선인으로 본다 함이 강한 민족에게 아첨하는 못난 비열함이 아니면 종로거지가 도승지를 불쌍타 하는 지나치게 어짐이 될 뿐이다.

伍, 신청년(新青年)도 도로 구청년(舊青年)이 아니냐

"40 이상은 다 죽이여야 되겠다."는 소리가 신청년의 입에 오르내린지 오래이다. 몇 마디 조리 없는 연설로 일시에 선생의 존칭을 얻은 20년 전의 구청년 40 이상들은 마치 가치 없는 물건이 의외의 시세로 폭등하다가 그 시세가 지나가면 다시 폭락하듯이 아주 시세를 알고 죽은 사람들이니 더 죽일 것도 없거니와 30 이하의 신청년들은 산 것이 무엇이냐? 과거를 부인하지만 옥탑도 부수며 보탑도 부시여라 하는 노국(露國, 러시아) 허무당(虛無黨) 시대의 부인(不認)이 아니라. 다만 소극적 부인뿐이며 시대에 낙오자가 되지 말자 부르짖지만 열혈과 용기가 없음으로 다만 시대에 아요(阿容)하는 노예가 될 뿐이며 서간도의 10만 명 양병(養兵)과 미국의 일억 만 원 차관을 장담하던 구청년의 과대광망도 밉지만 이삼백 명 유학생이 사회에서 매달 삼사 원의 비용을 드리어 간행하는 십여 장의 속쇄판 잡지는 더욱 가련하며, 신구서적 간 한 권의 책자도 보지 않고 다만 예배당의 찬미와 무쇠주먹 돌근육의 광가(狂歌)로 생활하던 구청년의 거동도 찬허(讚許)할 수 없지만 정치적·경제적 현실의 고통에서 도탈(逃脫)

하여 신시(新詩) 신소설의 피란생애로 일생을 마치려는 신청년의 심리야 참으로 애설할 만하다.

이같은 퇴패(頹敗)한 지기(志氣)로는 설혹 학업을 성취할지라도 학교의 교사가 되거나 혹 외국인이 사회의 직언이나 되여 자기의 호구나 할 뿐이오 설혹 해군 육군 비행대의 장교가 될지라도 그 소득이 월봉으로 자가의 온포나 경영하며 빈궁의 동포나 오시(午視)하리니 뜻 없는 자의 지식이 쓸데 있으랴? 마치 민영휘(閔泳徽)의 금전이 공공운동에 쓸데없음과 일반일 것이다. 아아, 크로포트킨의 〈청년에게 고하노라〉란 논문의 세례를 받자. 이 글이 가장 병(病)에 맞는 약방(藥方, 처방)이 될까 한다.

六, 통척(痛斥)할 사회의 양대 악마

우리의 통척할 바는 (1)은 형식화니—삼강오륜이 지금에는 붕괴하지 않을 수 없는 도덕이 되었지만, 조정암·김충암 등 기묘(1519년) 선현의 왕래한 서찰과 그들의 행사를 보면, 수천 년 구속(舊俗)을 소탕하고 공자 교화의 이상국을 건설하려던 진성(眞誠)과 세력을 흠복(欽服)할만하다.

그러나 세월이 오래이매, 그 정신은 없어지고 형식만 남아, 어떤 마누라의 상사(喪事)인지 모르고 통곡하는 충비(忠婢)도 있었다 하거니와, 눈물 한 방울도 없이 3년 시묘(侍墓)하는 효자도 없지 않았다. 그리하여 한성 말년 가가 효자 인인충신의 사회가 마침내 소수의 적신(賊臣)을 주멸(誅滅)하지 못하였음은 정신 없는 형식이 인세에 전쟁하는 무기가 아닌 까닭이다. 오늘날에 주의의 간판을 붙이며, 자유·개조·혁명의 명사 외우는 형식적 인물의 많음보다 주의대로 명사대로 혈전하는 정신적 인물이 하나라도 있어야 할 것이며, (2)는 피난의 심리니— 온 조선 사람이야 다 죽든 말든 나 한 몸 한 가족이나 살면 그만이라고 〈정감록(鄭鑑錄)〉의 십승지(十勝地)를 찾아다니는 치인(癡人)은 금일에 거의 절종되었겠지만, 그러나 그 심리는 의구하다. 불평등한 이 세계를 한 번 뒤집어 모든 동포가 더 행복을 누리자는 심리가 아니요, 오직 한 몸 한 집을 살자는 생각으로 찾아가면 각 과학의 지식을 얻는 중학교·대학교…… 모든 학교도 정감록의 청학동이며, 시와 소설을 짓는 문단이나 논설 기사 등을 편집하는 신문사도 정감록의 철옹성이다. 난을 토평할 인물은 많이 나지 않고, 난을 피하는 인사만 있으면 그 난은 구하지 못할 것이니, 우리가 모두 피난 심리의 대적을 토멸하여야 할 것이다.

위의 2대전에 성공하면 그 다음 위선위악(僞善僞惡)은 오히려 문제가 아니니 선과 악은 절대적이 아니요 상대적인 고로, 악이 없으면 선도 없는 까닭에, '사회를 위하여 공을 못이루거든 차라리 죄라도 지어라' 할 것이다.

七, 문예운동의 폐해

낭만주의·자연주의·신낭만주의 등의 구별도 잘 못하는 자로, 현대에 가장 유행하는 굉굉(轟轟)한 서방 문예가들의 유명한 소설이나 극본 등을 거의 눈에 대어 보지 못한 완전히 문예의 문외한이, 게다가 10여 년 해외에 않아, 조선 문단의 소식이 격절(隔絶)하여 무슨 작품이 있는지, 얼마나 나왔는지, 어떤 것이 환영을 받는지 알지 못하니, 어찌 조선의 현재 문예에 대하여 가부를 말하랴.

다만, 3·1운동 이래 가장 현저히 발달된 자는 문예운동(文藝運動)이라 할 수 있다.

경제 압박이 아무리 심하다 하나 아귀(餓鬼)의 금강산 구경 같은 문예 작품의 독자는 없지 않으며, 경성의 신문지에 끼여 오는 책사(冊肆)광고를 보면 다른 서적은 거의 15년 전 그때의 한 꼴이나 시인과 소설 선생의 작물(作物)은 비교적 다수인 듯하다. 그래서 나의 난필이 문예에 대하여 망논(妄論)을 한 마디 하려 하나 아는 재료가 없어 남의 말이나 소개하고 말려 한다.

일찍 중국 광동의 〈향도(嚮導)〉란 잡지에 그 호수가 몇 호인지 작자가 누구인지를 지금에 다 기억하지 못하는, 중국 신문예에 대한 탄핵의 논문이 났었는데, 그 대의를 말하면,

'중국 년래에 제1혁명, 제2혁명, 5·4운동, 5·7운동…… 등이 모두 학생이 중심이었다. 그러더니 근일에 와서는 학생사회가 왜 이렇게 적막하냐 하면, 일반 학생들이 신문예의 마취제를 먹은 후로 혁명의 칼을 던지고 문예의 붓을 잡으며, 희생유혈의 관념을 버리고 신시·신소설의 저자에 고심하여, 문예의 도원(桃源)으로 안락국(安樂國)을 삼는 까닭이다. 몇 구의 시나 몇 줄의 소설을 지으면, 이를 팔아 그 생활비가 넉넉히 될 뿐더러, 또한 독자의 환영을 받아 시인이나 소설가라 하는 명예의 월계관을 쓰며, 연애에 관한

소설을 잘 지으면, 어여쁜 여학생이 그 뒤를 따라 무한한 염복(艷福)을 누리게 되므로, 혁명이나 다른 운동같이 체수(逮囚)와 포살(砲殺)의 위험은 없고, 명예와 안락을 얻으며, 연애의 단꿈을 이루게 되므로, 문예의 작자가 많아질수록 혁명당이 적어지며, 문예품의 독자가 많을수록 운동가가 없어진다.' 하였다.

나는 이 글을 읽을 때에 3·1운동 이후에 침적(沉寂)하여진 우리 학생 사회를 연상하였다. 중국은 광대 침흑(沉黑)한 대륙인 고로, 한 가지의 풍조로써 전국을 멍석말이 할 수 없는 나라이거니와, 조선은 청명 협장(狹長)한 반도인 고로 한 가지의 운동으로 전 사회를 곶감꼬치 꿰듯 할 수 있는 사회니, 즉 3·1운동 이후 신시·신소설의 성행이 다른 운동을 초멸(剿滅)함이 아닌가 하였다.

八, 예술주의 문예와 인도주의의 문예 중 어떤 것이 옳은가

전술과 같이, 설혹 신시와 신소설이 성행하는 까닭에 사회의 모든 운동이 침적(沉寂)하다 할지라도, 만일 순예술주의자들로 말하면, '빈처(貧妻)의 단속곳을 팔아서라도 훌륭한 몇 짝의 신시를 삼이 가하며, 강토의 전부를 주고라도 재미있는 몇 줄의 신소설을 바꿈이 가하다'하리니, 그까짓 운동의 침적 여부야 누가 알겠느냐? 하리라.

존화주의(尊華主義)를 위하여 조선이 존재하며, 삼강오륜을 위하여 인민이 존재하며, 권선징악을 위하여 역사와 소설이 존재하며, 기타 모든 것이 자(自)의 존재할 목적이 없이 타(他)의 무엇을 위하여 존재한 줄로 단정한, 누백 년 이래 노예사상에 대한 반감으로는, 현 세계의 인도주의 문예가 예술주의 문예를 대신하려 함에 불구하고, 나는 곧 예술지상주의도 찬성하려고 하였다.

그러나 예술도 고상하여야 예술이 될지어늘, 환고(紈袴) 낭자의 육노(肉奴)가 되려는 자살혼의 강명화(康明花)도 열녀 되는 문예가 무슨 예술이냐. 누백 년의 아귀(餓鬼)를 곁에다 두고 1원 내지 5원의 소설책이나 팔아 일포(一飽)를 구하려는 문예가들이 무슨 예술가이냐. 금강(金剛)의 경(景)이 아무리 좋을지라도 기아(棄兒)의 눈에는 한 숟가락 일시(一匙)의 반(飯, 밥)만 못하며, 솔거(率居)의 화송(畵松)이 아무리 명작이라 할지라도 익수자(溺水者)의 눈에는 일편의 목판만 못하며, 살도 죽도 못하게 된 조선 민중의 귀에는 모든 미려한 가극과 소설의 이야기가 백두산 속 미신귀(迷信鬼)인 조선생(趙先生)의 강신필만 못하리니. 1원이면 한 집 인구의 며칠 생활할 민중의 눈에 들어갈 수도 없는 2원, 3원 고가(高價)되는 소설을 지어놓고 민중문예라 부르는 것도 알미운 짓이거니와 민중생활과 접촉이 없는 상류 사회 부귀가(富貴家) 남녀의 연애 사정을 그리므로 위주하는 장음(奬淫) 문자는 더욱 문단의 수치이다. 예술주의의 문예라 하면 현 조선을 그리는 예술이 되어야 할 것이며, 인도주의의 문예라 하면 조선을 구하는 인도가 되어야 할 것이니, 지금에 민중에 관계가 없이 다만 간접의 해를 끼치는 사회의 모든 운동을 소멸하는 문예는, 우리의 취할 바가 아니다. 구주 각국에는 매양 문예의 작물이 혁명의 선구가 되었다 하나, 이는 그 역사와 환경이 다른 까닭이니 조선의 현재에 비할 것이 아니다.

-북경에서

-1925년 1월 2일 〈동아일보〉

나무가 춤을 추면

바람이 불고

나무가 잠잠하면

바람도 자오.

_ **윤동주, 〈나무〉**

생활인의 철학

_김진섭

*1940년대 선구적인 수필로 평가받고 있는 작품
*1940년 출간된 동명의 수필집 〈생활인의 철학〉에 수록

철학을 철학자의 전유물인 것처럼 생각하고 있는 사람들이 많이 있다. 그러나 그렇게 생각하는 것도 결코 무리한 일은 아니니, 왜냐하면 그만큼 철학은 오늘날 그 본래의 사명— 사람에게 인생의 의의와 인생의 지식을 교시(敎示)하려 하는 의도를 거의 방기(放棄)하여 버렸고, 철학자는 속세와 절연(絶緣)하고, 관외(管外)에 은둔(隱遁)하여 고일(高逸)한 고독경(孤獨境)에서 오로지 자기의 담론(談論)에만 경청(傾聽)하고 있기 때문이다. 이와 같이 철학과 철학자가 생활의 지각(知覺)을 온전히 상실하여 버렸다는 것은 참으로 슬픈 일이다. 그러므로 생활 속에서 부단히 인생의 예지(叡智)를 추구하는 현대 중국의 '양식(良識)의 철학자' 임어당(林語堂)이 일찍이 "내가 임마누엘 칸트를 읽지 않는 이유는 간단하다. 석 장 이상 더 읽을 수 있은 적이 없기 때문이다." 라고 말했는데, 이 말은 논리적 사고가 과도(過度)의 발달을 성수(成遂)하고, 전문적 어법이 극도로 분화한 필연의

결과로서, 철학이 정치·경제보다도 훨씬 후면에 퇴거(退去)되어, 평상인은 조금도 양심의 가책(呵責)을 느끼지 않고 철학의 측면을 통과하고 있는 현대 문명의 기묘한 현상을 지적한 것으로서, 사실상 오늘에 있어서는 교육이 있는 사람들도, 대개는 철학이 있으나 없으나 별로 상관이 없는 대표적 과제가 되어 있는 것을 부정하기는 어렵다.

그러나 나는 물론 여기서 소위 사변적(思辨的), 논리적, 학문적 철학자의 철학을 비난, 공격하는 것이 목적이 아니다. 나는 오직 이러한 체계적인 철학에 대하여 인생의 지식이 되는 철학을 유지하여 주는 현철(賢哲)한 일군(一群)의 철학자가 있었던 것을 알고 있으며, 그러한 의미에서 철학자만이 철학을 가지고 있는 것이 아니요, 어느 정도로 인간적 통찰력과 사물에 대한 판단력을 가지고 있는 이상, 모든 생활인은 그 특유의 인생관, 세계관, 즉 통속적 의미에서의 철학을 가질 수 있다는 것을 다음에 말하고자 함에 불과하다.

철학자에게 철학이 필요한 것과 같이 속인(俗人)에게도 철학은 필요하다. 왜 그러냐 하면, 한 가지 물건을 사는 데에 그 사람의 취미가 나타나는 것 같이, 친구를 선택하는 데 있어서도 그 사람의 세계관, 즉 철학은 개재(介在)되어야 할 것이요, 자기의 직업을 결정하는 경우에도, 그 근본적 계기가 되는 것은 물론, 그 사람의 인생관이 아니어서는 아니 되겠기 때문이다. 가령, 우리들이 결혼이라는 것을 한 번 생각해 볼 때, 한 남자로서 혹은 한 여자로서 상대자를 물색함에 제(際)하여 실로 철학은 우리들이 상상할 수 있는 것보다는 훨씬 많이 지배적이고도 결정적인 역할을 하게 됨을 알 수 있을 것이요, 우리들이 어떠한 방식으로 생활을 설계하느냐 하는 것도, 결국은 넓은 의미에서 우리들이 부지중(不知中)에 채택한 철학에 의거하여 실행하게 되는 것이다. 우리들이 생활권 내에서 추하게 되는 모든 행동의 근저(根底)에는 일반적으로 미학적 내지 윤리적 가치 의식이 횡재(橫在)하여 있는 것이니, 생활인의 모든 행동은 반드시 어느 종류의 의미와 목적에 대한 관념을 내포하고 있다. 모든 사람은 소위 이상이라는 것을 가지고 있고, 그러한 이상이 각인(各人)의 행동과 운명의 척도가 되고 목표가 되는 것은 물론이려니와, 이상이란 요컨대 그 사람의 철학적 관점을 말하는 것이며, 그 사람의 일반적 세계관과 인생관에서 온 규범(規範)의 한 파생체(派生體)를 말하는 것이다.

"내 마음이 선택의 주인공이 된 이래 그것이 그대를 천 명 속에서 추려 내었다."고 햄릿은 그의 우인(友人) 호레이쇼에게 말하였다. 확실히 우인의 선택은 임의로운 의지적 행동이라고는 하나, 그러나 그것은 인생철학에 기초를 두는 한, 이상의 지배를 받지 않을 수 없는 것이다. 햄릿은 그에 대하여 가치가 있는 인격체이며, '천지지간 만물(天地之間萬物)'에 대한 이해력을 가지고 있으며, 그리하여 이 인생 생활을 저 천재적이나 극히 불운한 정말(丁抹)의 공자(公子)보다도 그 근본에 있어서 보다 잘 통어(統御)할 줄 아는 까닭으로, 호레이쇼를 우인으로서 택한 것이다. 비단 이뿐이 아니요, 모든 종류의 심의활동(心意活動)은 가치관의 지도를 받아 가며 부단히, 그리고 결정적으로 그 운명을 형성하여 가는 것이니, 적어도 동물적 생활의 우매성(愚昧性)을 초극(超克)한 모든 사람은 좋든 궂든 하나의 철학을 가지는 것이다. 사람은 대개 이 인생에 대하여 무엇을 요구해야 할까를 알며, 그의 염원이 어느 정도로 당위(當爲)와 일치하며, 혹은 배치(背馳)될지를 아는 것이니, 이것은 실로 사람이 인간 생활의 의의에 대하여 사유(思惟)하는 능력을 가지기 때문에 오직 가능할 수 있는 것이다.

두말 할 것 없이 생활 철학은 우주 철학의 일부분으로서, 통상적인 생활인과 전문적인 철학자와의 세계관 사이에는, 말하자면 소크라테스와 트라지엔의 목양자(牧羊者)의 사이에 볼 수 있는 것과 같은 현저한 구별과 거리가 있을 것은 물론이나, 많은 문제에 대하여 그 특유의 견해를 가지는 점에서는 동일한 철학자인 것이다.

나는 흔히 철학자에게서 생활에 대한 예지(叡智)의 부족을 인식하고 크게 놀라는 반면에는, 농산어촌(農山漁村)의 백성 또는 일개의 부녀자에게 철학적인 달관(達觀)을 발견하여 깊이 머리를 숙이는 일이 불소(不少)함을 알고 있다. 생활인으로서의 나에게는 필부필부(匹夫匹婦)의 생활 체험에서 우러난 소박, 진실한 안식(眼識)이 고명(高名)한 철학자의 난해한 칠봉인(七封印)의 서(書)보다는 훨씬 맛이 있다는 것을 고백하지 않을 수 없다. 원래 현실적 정세를 파악하고 투시(透視)하는 예민(銳敏)한 감각과 명확한 사고력은, 혹종(或種)의 여자에 있어서 보다 더 발견되어 있으므로, 나는 흔히 현실을 말하고 생활을 하소연하는 부녀자의 아름다운 음성에 경청하여, 그 가운데서 또한 많은 가지가지의 생활 철학을 발견하는 열락(悅樂)은 결코 적은 것이 아니다.

하나의 좋은 경구(警句)는 한 권의 담론서(談論書)보다 나은 것이다.

그리하여 언제나 인생의 지식인 철학의 진의(眞意)를 전승(傳承)하는 현철(賢哲)이 존재한다는 것은 고마운 일이다. 그래서 이러한 무명의 현철은 사실상 많은 생활인의 머릿속에 숨어 있는 것이다. 생활의 예지— 이것이 곧 생활인의 귀중한 철학이다.

-1948년

우리의 가슴 복판에 숨어사는

열푸른 마음의 꽃아, 피어버려라.

우리는 오늘을 지키며 먼 길 가는 나그네여라..

_ 이상화, 〈마음의 꽃〉 중에서

화춘의장(花春意匠)

_이효석

*아름다움에 대한 저자의 믿음이 종교적인 경지에 이르렀다는 평가를 받고 있는 작품
*1937년 5월 4일~8일 〈조선일보〉 발표

미의 변

오랑캐꽃이 시들고 개나리와 살구꽃이 한창이요, 이어 벚꽃의 만발이 날을 다투고 있다.

모란대(牡丹臺, 평양 모란봉) 일대는 관화(觀花)의 준비로 아롱 기둥에 등을 달고, 초롱을 늘이고, 초초한 치장으로 화려한 날을 등대하고 있다. 해마다의 관화의 풍속이 풍류스럽다느니 보다 이제는 벌써 일종의 퇴색적 속취(俗臭)가 먼저 눈에 뜨이게 된 것은 사실이나, 그러나 시절의 꽃을 대할 때 즐겨하고 상줌이 사람의 상정인 이상 역시 일맥의 아치를 부정할 수는 없으며, 이 습속을 일률로 야속시할 수만은 없는 것이다.

꽃은 무슨 꽃이든 간에 다만 꽃이라는 이유만으로 충분히 아름다운 것이며— 가령, 발아래 밟히는 미천한 한 송이라도 노방의 돌멩이나 흙덩이의 유는 결코 아닌 것이다.

아름다운 것을 아름다운 것으로 인정하여 시절 시절의 꽃을 반기는 마음으로 맞이하고 나아가 사랑하고 완미함이 떳떳한 마음의 통리가 아닐까. 꽃이 아름답다고 생각될 때 비록 그것이 홍진의 속이라고는 하더라도 속중(俗衆) 속에 휩쓸려 천치 같은 얼굴을 지니고 꽃길을 밀려가며 잠시 홍겨워 하기를 인색하게 하지 않는 곳에 너그럽고 넉넉한 아량이 있을 뿐 아니라, 그렇게 함이 참으로 아름다운 것을 아름다워하는 소이가 아닐까.

아름다운 것을 다만 아름답다고 생각하는 것과 아름다운 것을 참으로 아름다워하는 것과는 뜻이 다르다. 방 속에 묻혀 뜰 밖의 꽃을 아름다우려니 환상만 하고 있는 것보다는 몸소 뜰 밖에 나가 그 꽃을 구경함이 나으며, 팔짱을 끼고 다만 꽃을 바라보는 편보다는 손수 한 포기를 떠다가 뜰 앞에 옮기거나 꺾어다가 책상 위에 꽂는 편이 몇 층이나 더 보람 있는지 모른다.

그까짓 꽃 누가 아름다운 줄 모르랴 하고 꾀바른 얼굴로 단 한마디 비웃어버리는 사람과 묵묵히 그것을 뜰 앞에 가꾸는 사람과의 사이에는 동일에 논할 바 아닌 거의 종족의 차이가 있는 것이다. 전자의 소극성에 비하여 후자의 적극성, 건설성이야말로 사람으로서 바라야 할 바이며, 이 길만이 인류의 생활을 승양시키고 문화를 진전시키는 동력이 되는 것이다. 따라서 시절 시절의 꽃은 될 수 있는 대로 알뜰히 맛보고 즐겨하여 우리의 생활권 내에 탐스럽게 섭취함이 옳은 길이며 그것이 소여의 생활을 충분히 영위하는 까닭이 된다.

대체 봄에서 시작되어 여름, 가을까지 연달아오는 시절의 미의 태반은 참으로 꽃과 수목에 기인한다. 화훼와 초목의 색채와 향훈과 음영 없이 시절의 미는 없다. 백화가 요란한 동산에 나비와 벌이 모이고 수목이 우거진 곳에 아름다운 새들도 날아든다. 꽃 그림자를 밟고 나무그늘에 설 때 여인(麗人)은 한층 향기를 더한다. 세상에 아름다운 것은 많으나 식물의 인식을 떠나 홀로 초연히 빛나는 것은 드물다. 하늘과 바다가 한층 아름다운 것은 푸른 수목의 풍경을 상대로 가질 때요, 달과 별은 수풀을 비칠 때 풍성한 생각이 나고, 강물은 버드나무 선 연안을 흐를 때 곱절 윤택 있는 것이다.

여인의 붉은 저고리는 꽃빛을 물들인 것이요, 로브 데콜데는 나비의 날개를 흉내낸 것이다.

꽃이 피고 싹이 나기 시작한 때부터 참으로 모든 것이 아름다워 간다. 가벼운 의장의 여인들의 눈동자를 보라. 그것은 확실히 겨울의 그것은 아니다. 분홍으로 물든 것은 아마도 꽃 빛을 비치웠음이리라. 그것이 사람이든, 꽃이든, 나무이든 간에 걸음을 멈추고 잠깐 그 미에 취함은 시인만의 풍속이어서는 안 된다. 비록 한 조각의 구름이나 한 마리의 양이라 할지라도 머물러 서서 그 미를 완미하고 섭취하여서 생활 내용을 풍부하게 함이 누구나가 뜻하여야 할 삶의 길이 아니면 안 된다.

―미의 특권같이 큰 것은 없다. 미는 미를 인정하지 않는 사람까지 감동시키고야 만다. 굳이 콕토의 말을 빌어올 것도 없이 미의 위력 같이 큰 권위를 나타냄은 없다. 미는 말하지 아니하고, 자랑하지 아니하고, 뽐내지 아니하나, 스스로 무언의 위력과 침묵의 권위를 발휘하여 접근하는 대상으로 하여금 모르는 결에 매혹케 하고, 찬미케 하고, 복종케 하고야 만다.

세상에서 미 이상으로 지배적인 것은 없으니 제아무리 위대한 지상(至

上)의 것이라도 미의 앞에서는 숨결이 어지러워지며 말이 없어진다. 미는 말을 뺏고 항의를 용납하지 아니하고, 도전의 의사를 미전(未前)에 말살 소진시켜버리는 까닭이다. 가령, 힘 앞에는 잠시 굴복하는 한이 있더라도 마음까지 뺏기는 법은 없으나 미에의 굴복은 절대적이어서 혼연무구의 진정이 있을 뿐이지 울적한 반의(反意)를 마음속에 내포할 겨를을 주지 않는다. 때문에 산을 뽑을 웅사(雄士)라도 미의 앞에서는 무장을 풀기를 부끄러워하지 않으며 드디어 그 노예가 되기를 자원한다.

미는 결정적이고, 운명적이다. 따라서 때때로 비극적이다. 구름의 미는 구름에만 부여된 것이요, 장미의 미는 장미 이외의 것에서는 구할 수 없으며, 꾀꼬리의 미는 꾀꼬리만이 가지는 것이다. 사람의 미 또한 그러하다.

갑의 미는 을의 미와 구별되며 병의 미가 아무리 탄식한대야 정의 미를 뺏을 수는 없다. 삼각의 한 귀퉁이에서 사랑에 울고불고하는 가련한 이의 비극은 뉘 알랴. 벌써 잔인하게도 미의 신이 결정해 버린 것이다. 미의 신은 냉정하고 고집쟁이여서 이런 비극에는 구원의 도리조차 없다. 미는 그것이 가져오는 기쁨이 무한히 큰 반면에 그것이 요구하는 희생도 또한 크다.

그러나 사람이 요구하는 것은 항상 그 기쁨이므로 음산한 희생의 이야기는 여기에서는 금물이다.

—아름다운 물건은 영원의 기쁨. 그것은 결코 사라지는 법 없이 갈수록 귀여워지며 우리에게 축배를 주고 안식을 주고 꿈을 주고 건강을 주고 편안한 호흡을 주고……

너무도 유명한 키츠의 이 노래는 미의 덕을 말하여 남김이 없다. 아름다운 것이 주는 기쁨 가운데서 가장 큰 것은 꿈과 건강과 감격이며 이것을 얻을 때 비로소 생명의 보람이 난다. 미는 참으로 사람의 영원의 추구의 대상이며 낮이나 밤이나 한결같이 염두를 지배하는 영원의 제목이다. 하루 한 때라도 자신의 미의 의식과 자각 없이 호흡하는 여인이라는 것을 우리는 상상하기 어렵다. 미는 생명의 동력이요, 무상의 보배요, 지상의 특권인 것이다.

미를 말할 때 반드시 경제를 설명하고 역사를 캐야 한다면 치열의 비웃음을 면하지 못할 것이다. 역사는 객관을 변경하고 객관이 주관을 규정하기는 하나 몇 세기쯤의 시간이 미의식의 기준을 그렇게 호락호락하게 뒤집어엎을 수는 없다.

천 년 전의 여인(麗人)은 오늘에도 여인일 것이며, 오늘의 기계미는 고인(古人)의 또한 찬탄할 바 되겠고, 한 송이의 장미는 고금의 시재(詩材)로 쓰이는지 않았던가.

미는 향기여서 감동만을 요구하고 비판을 거부하는 것 같다. 굳이 비판을 시험할 때는 향기는 그만 사라져 버린다.

고전미나 낭만미나 현실미나 각각 그 미의 본질에 관한 한 근본적 차이는 개재(介在)하지 않는 것이며 필요한 것은 그 감상의 태도요, 중요한 것은 될 수 있는 대로의 감동을 탈취함이다.

소포클래스의 비극미에 몸을 떠는 사람이면 햄릿의 낭만미에 감동할 것이며, 내려와 살로메의 퇴폐미에 구태여 눈썹을 찌푸릴 것 없이 솔직하게 취하여 봄도 일흥(一興)일 것이다. 이 영역에서 감동한 사람이 다시 내려와

고리키의 어머니의 거동에 가슴을 죄인다고 하여도 결코 모순은 아니며 '솔로호프'의 '악시이냐'에게 끌려도 무관한 것이다. 미에 관한 한 일률로 역사를 고집함은 고루하고 천박하게 보일 뿐이다.

역사보다는 차라리 지리를 생각함이 미의 관찰을 도울 것 같다. 지리적으로 살펴볼 때 아무래도 미의 부여가—미 조건의 분배가 균등하지 못함은 웬일일까.

우리는 우리의 주위와 생활 속에서 얼마나 미를 보고 가졌는가. 미의 인식은 오로지 마음의 문제라고만 뻗대지 말라. 미를 받아들임은 마음이나 객물 자체의 미를 거부할 수는 없는 것이다. 주위를 살필 때 아무리 옹호의 정을 가지고 보려 하여도 아름다운 것이 흔하지는 못하다.

편견과 고집을 가지고 없는 것을 억지로 과장하려고 하고 회고의 감상에 잠김은 무의미한 일이요, 차라리 없는 것은 없다고 솔직하게 털어놓고 허심탄회로 새로운 아름다운 것을 꾸미려고 애씀이 창조적인 바일 것이다.

여윈 땅에서 무엇이 아름답게 자랄 수 있으랴마는 바탕조차 아름답지 말라는 법은 없는 것이다. 한 떨기의 꽃, 한 포기의 풀은 그만두더라도 자연 전체가 결코 풍부하지 못함을 어찌하랴. 그 속에서 자라는 사람과 생활에 또한 아름다운 것은 유심히도 결핍하다. 이 미의 빈곤은 대체 무엇에 기인한 것일까. 물론 역사의 사연을 전연 부정할 수는 없으나, 그러나 바탕의 빈곤에 이르러서야 역사 스스로 간연할 바는 못되는 것이다. 지리적 천연적 거의 숙명적인 것이 아닌가 한다.

가령, 임의의 하루를 생활하는 동안에 우리는 대체 몇 차례 미의 감동에 사로잡히는가. 집에서 기동하고, 직장에서 일하고, 거리를 왕래하는 동안에 문득 미적 감동에 숨을 죽이고 감격에 잠김이 몇 번이나 되는가.

진귀한 나뭇가지를 바라보고 우두커니 섰다든가, 아름다운 눈동자를 발견하고 가슴을 수물거리게 하였다든가, 따뜻한 인정의 일면에 접하여 마음을 녹였다든가 하는 경험은 평일에 있어서 극히 드문 것이요, 대개는 삭막한 날의 연속이 있을 뿐이다.

기회가 있어 아름다운 음악을 듣거나, 소설의 흥미 있는 페이지를 펴거나, 묘한 상념에 잠기거나 할 때 우리는 미감(美感)에 잠겨 생명의 약동을 느끼게 되나, 돌이켜 보아 그 음악이나 소설의 재료가 누구에게 속하는 것인가에 생각이 이를 때 마음은 무거워진다.

그 모든 아름다운 것은 외래의 것이요, 이곳의 것은 아닌 것이다. 이곳의 것으로 참으로 아름다운 것이 얼마나 있고 풍윤한 것이 얼마나 되는가. 수목이나 자연의 풍물을 제외하고 인간적의 것으로, 가령 서반구의 아름다운 것을 당할만한 무엇이 이 땅에 있는가.

서양의 미에 비하여 우리의 것이 너무도 초라하게 느껴지는 것은 편견도 아무것도 아니다. 인간이나 생활의 미에 있어서 이곳의 것이 그곳의 것에 비길 바 못 된다고 말하여도 그것은 반드시 독단과 편기(偏嗜)에서 나오는 말만은 아닐 듯하다.

생활의 미를 말할 때 나는 반드시 그곳의 문명과 발달된 자본주의를 가리키는 것이 아니다. 원형 그것, 바탕 그것이 이미 충분히 아름다운 것이며, 이 점에 있어서 우리는 한 큰 특권을 운명적으로 당초부터 잃어버리고 있는 셈이다.

미의 특정 기준이 다른 것은 없겠으나 바다 빛 눈과 낙엽 빛 머리카락이 단색의 검은 그것보다는 한층 자연율에 합치되는 것이며, 따라서 월등히 아름다움은 사실이다.

색채만을 말하더라도 그들은 생활의 제반 양식에 자연색을 대담하게 모방하여 생활을 미화한다. 일례로, 각인각색의 다채로운 의상은 그대로가 바로 화단의 미를 옮긴 것이 아닐까. 나아가 그들의 예술에 대하여서도 같은 말을 할 수가 있다.

바탕이 빈한한 우리의 길은 될 수 있는 대로 미의 창조에 힘씀에 있다. 자연에 대한 미의식을 왕성히 배양하고, 자연물의 형상, 색조, 의장을 생활양식에 알뜰히 이용하며, 나아가 독창적 발명을 더하여 생활을 재건함에 있다. 적어도 초옥의 토벽에는 칡넝쿨을 캐어다 올리고 의상에 일층의 색채를 이용할만한 대담성과 비약이야말로 소원의 것이다.

행의 변

집 뒷터에 주택지대로서는 드물게 오십 평 가량의 집 아닌 밭이 있다. 시절이 되면 야채와 화훼가 가득히 우거져 회색 벽과 붉은 지붕만이 전후로 들어선 이 구역 안에 있어서 스스로 한 폭의 신선한 풍물을 이루어 옆 길을 지나는 사람으로 하여금 잠시 발을 멈추게 한다.

붉은 튤립의 열 옆으로 나무장미의 만발한 이랑이 늘어서고 다알리아가 장성하며, 한편에는 우방(牛蒡)의 윤엽(潤葉)이 온통 빈틈없는 푸른 보료를 편다. 가구(街區)에서는 좀체 얻어 볼 수 없는 귀한 경물이니 아침 저녁으로 손쉽게 그것을 바라볼 수 있는 나는 자신을 행복스럽게 여긴다.

그 한 조각의 밭을 다스려 아름다운 꽃을 보이는 사람은 놀라운 재인(才人)도 장정도 아니라, 별사람 아닌 한 사람의 육십을 넘은 노인인 것이다.

봄에 씨를 뿌려 꽃을 피우고, 가을에 뒷거둠을 마치고 다시 갈아엎을 때까지 그 밭을 만지는 사람은 참으로 그 육십옹 단 한 사람인 것이다.

씨를 뿌리기 시작한 날부터는 하루도 번기는 날이 없이 아침만 되면 육십옹은 보에 장기를 싸가지고 어디선지 나타난다. 살수(撒水), 중경(中耕), 시비(施肥), 제초, 배토— 그때그때를 따라 일과에는 조금의 소홀도 없으며 일정한 필요의 과정이 오십 평의 구석구석까지 알뜰히 미쳐 이윽고 제때에 아름다운 성과를 맺게 한다.

옹은 허리가 휘고 기력이 부실하나 서두르는 법 없이, 지치는 법 없이, 말하는 법 없이 날이 맞도록 묵묵히 일하며 그의 장기(匠器)가 미치는 뒷자취는 나날이 면목이 새롭고 아름다워진다. 침착하게 움직이는 그의 양을 바라볼 때 거기에는 노고의 의식의 표정은 조금도 눈에 뜨이지 않으며 도리어 한 이랑 한 이랑의 흙을 아끼고 사랑하는 그 거동에는 만신의 희열이 드러나 보인다.

때때로 얼굴이 마주칠 때 아이같이 방긋 웃어 보이는 동심의 표정을 읽으면 그는 괴롭게 노동하고 있는 것이 아니라 그 오십 평 속에서 천진하게 장난하고 예술하고 있는 것이라 생각된다. 참으로 오십 평 속에서의 그의 생활은 싫은 노역이 아니라 즐거운 예술이라고 보여진다.

근로와 예술을 동시에 가진 생활— 생활의 미화— 노동의 예술화— 진부한 어투인지는 모르나 노동의 참된 경지를 그 구체적 실례(實例)를 나는 그 육십옹에게서 보는 것이다.

생산만이 아니라 미를 겸했으며, 미만이 있는 것이 아니라 생산의 열매가 아울러 온다. 반드시 꽃밭을 가꾸게 됨으로써의 미를 일컬음이 아니라 만족스런 노동의 표정의 미를 말함이다. 옹의 모양을 일 년 동안이나 방관한 나의 관찰에 틀린 점은 없을 것이다.

봄을 맞이하여 다시 옹의 아용(雅容)을 나날이 바라보게 된 이때 나는 이 생각과 감동을 다시 마음속에 일으키게 되었다. 해가 저문 때 일을 마치고 글거리를 모아 밭 가운데 불을 피워 향기로운 연기 속에서 몸을 쪼인 후 옆 개울에서 손발을 씻고 장기를 수습하여 가지고 돌아가는 그의 모양— 그것이 솔직하게 나의 마음을 울리고 기쁘게 한다.

한편 그의 착실한 자태를 바라볼 때, 나는 그 허리 굽은 육십옹의 여일한 생활의식에 비겨 자신의 그것이 때때로 월등 저하되고 소침됨을 깨닫고 부끄러운 생각을 마지못한다. 주기적으로 생활 의욕이 급격히 저락(低落)되고 침체된 일종의 '플루토'의 지대에 다다르게 될 때 주위가 어둡고 진퇴가 귀치않고 우울, 저미(低迷)되어 결과는 생활력조차 감퇴하여 버린다.

욕심이 없고 희망이 없는 탓이라면 육십옹의 앞에 너무도 보람없고 비굴하여 얼굴이 붉어질 지경이나 솔직하게 말하여 그 대체 희망이라는 것이 어떤 내용 어느 정도, 어느 거리의 것인가를 생각할 때 역시 답답해지는 것이 당연하며 뜻없는 명랑은 도리어 천치의 소위로 밖에는 생각되지 않는다. 같은 세대의 젊은이들에게 그대는 생활의 신조를 어떻게 세웠느냐고 묻고 싶은 때조차 있다. 빈틈없는 이론으로 든든히 무장을 해본다 하더라도 행동이 없는 이상 갑을 흑백을 어떻게 가린단 말인가. 참으로 웃을 수 있는 사람은 웃어 보라고 다시 청해보고 싶다. 우울을 말할 때가 아닐는지는 모르나 때때로의 생활 의식의 저조에는 너무도 절실함이 있다.

할 바를 모르는 것이 아니라 길이 없는 것이다. 여기에 좀체 구하기 어려운 저미의 근인(根因)이 있기는 있는 것이나, 그러나 그렇다고 허구한 날 얼굴을 찌푸리고만 지낼 수도 없는 노릇이니 가까운 손잡이를 잡고 억지로라도 '플루토'를 정복하고 식물 이하의 무기력에서 식물 이상의 행의 생활로 애써 솟아올라야 할 것이다. 적어도 육십옹에는 지지 말아야 할 것이니 그의 생활의 법도와 행의 신조를 알뜰히 배워 자신의 행의 영위를 생색 있고 보람있게 하려고 힘씀이 옳은 길이 아니면 안 된다. 미의식을 왕성히 북돋아야 할 것은 물론이요, 그것을 넘어 먼 광명이나마 아련히 바라보려고 애써야 할 것이다.

나는 가끔 지난해 가을의 하루를 마음속에 떠올리고 그것을 생각할 때마다 한 줄기의 생기를 느끼곤 한다. H에게 끌려 근교의 고적지대에서 보낸 늦은 가을의 반일(半日)—아마도 그때 나는 마침 생활의 '플루토'의 시기에 걸려 있었던 탓인지, 웬일인지 그 반일이 의외에도 큰 뜻을 가지고 마음을 사로잡은 까닭에 그 반일을 소설로 표현해 보려고까지 생각했던 것이다.

고적지에 가서 폐허를 돌아보고, 사진을 찍고, 옛날을 생각하고, 감회에 잠기고, 기왓장을 줍고 한 정도의 행동쯤에 그다지 감격할 것이 있느냐고 비웃음을 받을는지도 모르나, 중요한 것은 그 동무의 진지한 태도인 것이다. 그가 그 반일 이전에 어떻게 지냈으며 반일 이후의 열정이 어느 정도로 지속되는지는 알 바도 아니고, 문제도 아니다. 다만, 그 반일에 보인 그 열정, 그것만으로도 나의 마음을 울리기에 족하였던 것이다.

그 열정의 내용과 종류와 방향 여하를 시비함은 어리석은 일이니 공연한 일반적 침체 속에서 그만한 열정도 귀한 것임을 알아야 한다.

그날 오후, 그 전날 기차로 왔다는 동무의 돌연한 방문을 받고 잠깐 동안 잡담을 건네다가 권고에 그를 쫓아나가 모란대의 수풀 속을 지나 홍부리를 거쳐 산 위 고적지에 이르렀을 때까지도 나는 다만 산보의 뜻인 줄만 알았다. 그때까지의 그를 나는 다만 한 사람의 저널리스트로 알고 음악비평가로 기억하였을 뿐이므로 고적 연구차 그곳을 찾은 줄은 미처 짐작할 수 없었다. 그 속뜻을 차차 나에게 알리게 한 것은 그의 심상치 않은 열심스런 태도였다.

그곳 일대의 토성이 천삼사백 년 전 고구려 장수왕의 도읍하였던 뒷 자취라는 것도 물론 나에게는 초문이었으나 그의 가지가지의 전문적인 설명은 오로지 나를 놀라게 하고 눈을 다시 뜨게 하였다.

돌을 집어 올려 모양을 살피고 기와를 집어 올려서는 무늬를 연구하였다. 기괴의 느낌을 마지못한 것은 풀을 뜯어 굵은 새끼를 바로 꼬고 외로 꼬아서는 기와의 무늬에 맞춰 보는 것이었으니, 그것으로서 옛날 종족의 유별을 가릴 수 있다는 설명을 듣고 그 간단한 거동에도 나는 가볍게 감탄하는 수밖에는 없었다.

연구의 주제는 그때의 종족이 어느 방향으로 몰려왔는가에 달려 있어서 그는 허다한 설명을 아끼지 않았으나 고고학에 대하여 백지인 나에게는 그 많은 지식을 완전히 새겨들을 힘이 부침을 어쩌는 수 없었다.

다만, 저무는 해를 붙들어서 조급하게 성지의 모양을 사진에 수습하고 밭 기슭에 섰을 때 나에게는 스스로 다른 감회가 솟아올랐다. 밭 기슭에는 소와 산양이 매어 있고, 초가에서는 저녁 연기가 솟아올랐다. 유유한 강산을 굽어보고 옛 종족의 후예임이 틀림없을 마을 주민의 생활을 생각하고 다시 옛일을 추상할 때 스스로 유구한 역사의 감회가 유연히 솟아 동무의 하는 일의 속도 그럴 듯이 짐작되고 거기에 새삼스럽게 한 뜻을 발견할 수 있었다.

한 잎의 기왓장을 기념으로 나누어 받아 가지고 같이 산을 내려와 마을을 지나 벌써 어두워 가는 긴 등을 느릿느릿 걸어서 요양원께에 이르렀을 때 그 섬돌 위에 벗어놓은 초록빛 하이힐의 아름다운 모양을 멀리서 바라보고 보지 못한 그의 주인공을 상상하고 타진하고 짐작하면서 그 실없는 짓에 껄껄 웃으며 일종의 멋대로의 애정(哀情)을 그 파랑 구두의 임자에게로 보냈으니 그것은 그 유쾌하였던 반일의 한 줄기 아름다운 여운인 셈이었다.

- 1937년 5월 4일 ~ 8일 〈조선일보〉

겨울 폭왕(暴王) 매질 느끼던 나무는

희망에 빛나는 녹색 옷을 입고

노래를 부흥시킨 종달새는

온 천지에 넘치는 신곡(神曲)을 노래한다

모든 것은 재생하였어라.

_ 이효석, 〈봄〉 중에서

마음에 남는 풍경

_이효석

*작가가 남긴 2권의 수필집 제목 중 하나로 1936년 7월 〈조선문학〉을 통해 발표되었다.

삼월의 풍경같이 초라한 것은 없다. 아직 봄도 아니요, 그렇다고 겨울도 아닌 반지빠른 시절이다. 풀이 나고 꽃이 필 때도 아직은 멀고, 나뭇가지의 흰 눈은 알뜰히 사라져 버렸고, 이것도 아니고 저것도 아닌 반지 빠른 풍경이 눈앞에 있을 뿐이다. 초라한 가운데에 한 가지 아름다운 것이 있으니 하이얀(白楊) 나무의 자태다.

아침 일찍 출근하는 날이면 나는 대개 신문실 창기슭에 의지하여 수난로(水煖爐)에 배를 대고 행길 건너편 언덕 위의 백양나무 무리를 바라봄이 일쑤다. 희고, 깨끗하고, 고결한 그 자태는 아무리 바라보아도 싫어지지 않는다. 그 무슨 그윽한 향기가 은은히 흘러오는 듯도 한 맑은 기품이 보인다. 나무치고 백화(白樺)나 백양만큼 아름다운 나무는 없을 법하다.

이 두 가지 나무를 수북이 심어 놓은 넓은 정원을 가진 집에 살아 보았으면 하는 것이 소원이다. 그러니 아직 원대로 못되니 학교 창으로나 맞은

편 풍경을 실컷 바라보자는 심정이다.

요 며칠째 백양나무 아래편 행길 위를 낯설은 행렬이 아침마다 지나간다. 불그칙칙한 옷을 입고 사오 명씩 떼를 지어 벽돌 실은 차를 끌고 어디론지 가는 형무소의 한 패다. 아마도 형무소 안의 작업으로서 구운 벽돌을 주문을 받아 소용되는 장소까지 배달해가는 것인 듯하다. 한 줄에 매인 그들이언만 걸음들이 몹시 재서 구르는 수레와 함께 거의 뛰어가는 시늉이다. 행렬은 길고 바퀴 소리는 아침거리에 요란하다. 군데군데 끼어 바쁘게 걷는 간수들은 수레를 모는 주인이 아니요, 도리어 수레에게 끌리는 허수아비인 셈이다. 그렇게도 종종걸음으로 그 바쁜 일행을 부지런히 좇아가지 않으면 안 되는 듯이 보인다. 아침마다 제 때에 그곳에는 그 긴 행렬이 변함없이 같은 모양으로 펼치곤 하였다.

하루아침, 돌연히 그 행렬에 변조가 생겼다. 구르는 수레 바로 뒤에 섰던 동행 한 사람이 어찌된 서술인지 별안간 걸어가던 그 자리에 푹삭 고꾸라지는 것이 멀리 바라보였다. 창에 의지하였던 나는 무슨 영문인가 하고 뜨끔하여서 모르는 결에 고개를 창밖으로 내밀었다. 그가 고꾸라졌을 때 간수는 미처 일어나지도 못하고 쓰러진 채 그대로 수레에게 끌려 한참 동안이나 쓸려 갔다. 아마도 몸이 처음부터 수레에 매어져 있었던 모양이다.

이상스러운 것은 곁에 섰던 간수가 끌려가는 그를 좇아 재빠르게 달려가는 것이었다. 그 시늉은 마치 쓰러진 사람을 거들어 일으키려는 것도 같았다. 그러나 어찌된 서슬엔지 쓰러졌던 사람이 별안간 벌떡 일어서게 되어 여전한 자태로 수레를 따라가게 되자 간수는 이번도 또한 그의 곁에 가까이 서게 되었다.

변이라는 것은 그것뿐이나 이 삽시간의 조그만 사건은 웬일인지 마음속에 깊이 박혀 사라지지 않는다. 이상스런 것은 쓰러진 사람과 간수와의 관계다. 간수의 조급한 거동은 단순히 쓰러진 사람을 일으키자는 것이었던지 그렇지 않으면 도리어 그를 문책하자는 것이었던지, 아니 당초에 그가 쓰러지게 된 것조차도 실상인즉 간수의 문초의 탓이 아니었던지 도무지 알바는 없는 것이다.

의아하고 있는 동안에 행렬은 어느 결엔지 벌써 시야의 범위를 지나가 버렸다. 이상스러운 한 폭의 풍경이었다. 어찌된 동기의 사건인지 그 까닭을 모르겠음으로 말미암아, 그 풍경은 더 한층 신비성을 더하여 가고 수수께끼를 던져준다. 아무리 생각하여도 곡절을 모를 노릇이다.

그 조그만 풍경이 오래도록 마음속에 남아 쉽사리 꺼지지 않는 까닭이다.

-1936년 7월 〈조선문학〉

아무 것도 없던 우리집 뜰에

언제 누가 심었는지 봉선화가 피었네.

밝은 봉선화는

이 어두컴컴한 집의 정다운 등불이다.

_ 이장희, 〈봉선화〉

화초1

_이효석

*1948년8월 〈인문평론〉을 통해 발표된 〈화초〉3연작중 한작품

꽃가게에서 꽃을 사들고 거리를 걸으면 길 가던 사람들이 누구나 다 그 꽃묶음을 부럽게 바라본다.

나는 사람들의 그 눈치를 아는 까닭에 꽃을 살 때에는 반드시 넓은 종이에 묶음을 몽땅 깊게 싸도록 꽃 주인에게 몇 번이고 거듭 청한다. 그러나 요새는 종이가 귀해서 길거리의 꽃장수는 물론이요, 큼직한 꽃가게에서도 전에는 파라핀지나 그렇지 않으면 특비(特備, 별도로 내야 하는 돈)의 포장지에다 싸주던 가게에서도 신문지를 쓰게 되었고, 그것조차 넓은 것을 아껴서 좁은 토막종이로 대신하게 되었다. 아무리 잘 싸달라고 졸라도 대개 꽃송이는 밖으로 내드리우게 밖에는 되지 않는다. 자연 사람들의 시선을 받게 된다. 전차를 타도, 보도를 걸어도, 사람들은 염치없이 꽃묶음에 눈을 보낸다. 아이들은 그 한 가지를 원하기까지 한다. 꽃을 사람에게 보임이 조금도 성가시거나 꺼릴 일은 아닌 것이나 번거로운 시선을 한 몸에

받게 됨이 결코 유쾌한 일은 못된다. 고집스런 눈을 받을 때에는 귀찮은 생각조차 든다. 그러나 이는 반가운 일이다. 사람들은 꽃을 사랑하는 것이다. 보기를 좋아하고 가지기를 원하는 것이다. 그것이 누구의 것이든 그 아름다움에 무의식 중에 눈을 끌리게 되고 염치없이 바라보게 되는 것이다. 아름다운 까닭으로이다.

꽃을 좋은 줄 모르고 짓밟아 버리고 먹어 버림은 돼지뿐이다. 돼지는 꽃을 사랑할 줄 모른다. 돼지만이 꽃을 사랑할 줄 모른다.

세상의 뭇 예술가여 안심하라. 사람들은 누구나 꽃을 사랑할 줄 알고 아름다운 것을 분별할 줄 아는 것이다. 이 천성은 변할 날이 없을 것을 단언하여도 좋다.

돼지에게까지 꽃을 알리려고 하지 않아도 좋은 것이며 그 노력이 실패되었다고 슬퍼할 것도 없는 것이다.

대조(大朝)의 D씨가 하룻밤, 꽃묶음을 들고 찾아왔다. 처음 방문이라 선물로 가져왔던 모양이었다.

해바라기, 간드랭이, 야국, 야란(野蘭) 등의 길게 꺾은 굉장히 큰 한 묶음이다.

신문인이라 신문지쯤 아낄 것 없다는 듯이 사면전폭(四面全幅)에 싼 것이나 오히려 종이가 좁다는 듯 꽃은 화려한 반신을 지폭(紙幅) 밖으로 드러내고 있다. 그것을 심을 화병은 세상에 없을 법하다. 회령자기(會寧磁器)인 조그만 물빛 항아리를 내다가 꽂으니 그 화용(華容)이 거의 창의 반면을 차지하게 되었다.

"뜰의 것을 꺾어 왔답니다."

나는 그 말에 놀랐다. 그의 집 뜰이 얼마나 넓은지는 모르나 그도 도회인이라 가게에서 오히려 사들여야 할 처지에 뜰 어느 구석에서 그 많은 꽃을 아끼지 않고 꺾어 냈단 말인가. 그 흐붓한 가지가지의 꽃을 꺾을 때 조금도 아까운 생각이 없었단 말인가.

"원, 저렇게 많이 꺾어 내다니."

"워낙 흔하게 피어 있으니까요."

그때 방에는 조그만 화병에 코스모스와 시차초의 한 묶음이 꽂혀 있었으니, 물론 거리에서 사온 것이었다. 집에도 코스모스, 시차초 뿐이 아니라 프록스, 샐비어, 금잔화, 백일홍, 봉선화 등이 피어는 있다. 그러나 나는 그 한 송이도 꺾기를 아껴 한다. 병에 꽂은 것은 대개 밖에서 사온다. 아이들이 꽃 한 송이를 다쳤다고 얼마나 호되게 꾸짖고 책망하는지 모른다.

D씨가 꽃을 사랑하지 않을 리는 만무한 것이요, 사랑하니까 선물로도 가져온 것임을 아는 것이나 흔하게 피어만 있으면 그렇게 듬뿍 꺾을 수 있는 것인지 어쩐지 나는 그의 그 대도(大度)의 아량이 부러워 견딜 수 없다. 한꺼번에 그렇게 듬뿍 꺾고도 아까워하지 않는다니!

내게 만약 수백 평의 뜰이 있어 그 속에 백화가 지천으로 피어 있다고 치더라도 나는 동무에게 선사할 때 그 값어치를 거리에서 사가면 사갔지 뜰의 것을 꺾어낼 성 부르지는 않다.

나는 욕심쟁이인 것일까, 인색한 것일까.

-1940년 8월 〈인문평론〉

백옥을 깎아 만드러 놓은 듯

향기롭고 백설 같은 수선화

우아하고 존엄하게도

물의 잠겨 고상히 침묵하오.

_ 장정심, 〈수선화〉 중에서

수선화

_이효석

*수선화의 운명을 나르시즘에 빗댄 작품

*1939년 1월 〈여성〉 발표

내가 만약 신화 속의 미장부(美丈夫) 나르시소스였다면 반드시 물의 요정(精) 에코의 사랑을 물리치지 않았으리라. 에코는 비련에 여위고 말라 목소리만이 남았다. 벌로 나르시소스는 물속에 비치는 자기의 그림자를 물의 정으로만 여기고 연모하고 초려하다가 물속에 빠져 수선화로 화하지 않았던가. 애초에 에코의 사랑을 받았던들 수선은 세상에 태어나지 않았을 것이다.

이른 봄에 피는 꽃으로 수선화에 미치는 자 없으나 유래와 전신(前身)이 슬픈 꽃이다. 애잔한 꽃 판과 줄기와 잎새에 비극의 전설이 새겨져 있지 않은가.

이왕 꽃으로 태어나려거든 왜 같은 빛깔의 백합이나 그렇지 않거든 장미로 태어나지 못하고 하필 수선이 되었을까. 쓸쓸하고 조촐하고 겸손한 모양. 기껏해야 창 기슭 화병에서나 백화점 지하실 꽃가게에서 볼 수 있는 것이지만 그 어느 때 본들 화려하고 찬란한 때 있으리. 언제나 외롭고 적막한 자태. 서구의 시인들처럼 벌판에 만발한 흐붓한 광경을 보지는 못했으나 그 역시 그 빛깔, 그 자태로는 번화하고 명랑할 리는 없다.

원래가 슬프게 태어난 꽃이라 시인들은 자꾸 슬프게만 노래한다. 수선은 자꾸자꾸 슬픈 꽃으로만 변해간다.

어릴 때 벌판에서 수선화를 뜯고 놀던 마이켈과 라이온은 자라자 한 사람의 소녀 메리로 말미암아 수선화 핀 그 벌판에서 드디어 사생(死生)을 결여하려다가 두 사람 다 자멸해 버린다. 슬픈 노래 중에서도 이 〈수선화 피는 벌판〉 같이 슬픈 시도 드물다.

수선화 자신의 허물이기는 하나 슬픈 인상만을 더하게 해 가는 데는 이런 시인의 죄가 또한 큰 것 아닐까.

사랑하는 사람에게 보낼 양으로 수선화의 묶음을 사들고 나서는 소녀같이 가엾은 소녀는 없을 것이며, 병들어 누운 그리운 사람에게 수선화의 분(盆)을 선사하는 사람같이 어리석은 사람은 없다. 같은 값이면 백합이나 장미나 프리지어를 선사함이 옳은 것이다. 하필 수선을 고를 필요는 없는 것이다.

백화점 지하실에서 운명의 유래에 떨면서 뉘 손을 거쳐 뉘 방으로 가게 될까를 염려하고 있을 수선화의 묶음을 상상해보라. 자신의 신세가 애처롭기는 하나 그러나 굳이 비극을 사갈 사람은 없을 법하다.

다행으로 아직 수선의 선물을 보낸 적도 받은 적도 없었거니와, 앞으로 받게 된다면 신경의 관념에 사로잡히지 않을까를 두려워한다. 언제인가 오랜 병석에 누웠을 때 시네라리아 분을 선사한 이가 있었다. 나중에 이 이야기를 듣고 병석에 꽃은 대기라고 펄쩍 뛴 동무가 있었으나 시네라리아 화분은 수선화의 묶음보다는 그래도 낫지 않을까 생각한다.

세상의 젊은 남녀들이여, 수선화 선물을 삼갈 것이다. 스스로 비극을 즐겨하고 전설의 환영을 사랑하는 이는 예외이나.

슬픈 병에다 수선화를 꽂아 놓고 차이코프스키의 '파세틱'을 들으며 멸망의 환상에 잠기는 것은 비참한 아름다움이다. 수선화는 참으로 그때의 소용인 것이며 그때에 빛나는 꽃이 아닐까.

-1939년 1월 〈여성〉

라이락 숲에

내 젊은 꿈이 나비같이 앉은 정오

계절의 여왕 오월의 푸른 여신 앞에

내가 웬일로 무색하고 외롭구나

밀물처럼 가슴속 밀려드는 것을

어찌하는 수 없어

눈은 먼 데 하늘을 본다

긴 담을 끼고 외진 길을 걸으면

생각은 무지개로 핀다.

_ 노천명, 〈푸른 오월〉 중에서

산나물

_노천명

*한국전쟁 당시 피난을 갔던 부산에서 쓴 작품
*1953년 3월 25일 발표

먼지가 많은 큰 길을 피해 골목으로 든다는 것이 걷다 보니 부평동(富平洞) 장거리로 들어섰다.

유달리 끈기 있게 달려드는 여기 장사꾼(아주마시)들이 으레, 또 "콩나물 좀 사 보이소. 예, 아주머니요, 깨소금 좀 팔아 주이소." 하고 잡아 다닐 것이 뻔한지라, 나는 장사꾼들을 피해 빨리빨리 달아나듯이 걷고 있었다.

그러나 내 눈은 역시 길가에 널려 있는 물건들을 놓치지 않고 보고 있었다. 한 군데에 이르자 내 눈이 어떤 아주머니 보자기 위에 가 붙어서 떨어지지 않았다.

그 보자기에는 산나물이 쌓여 있었다. 순진한 시골 처녀 모양의 산나물이 콩나물이며 두부, 시금치들 틈에서 수줍은 듯이 그러나 싱싱하게 쌓여 있는 것이었다.

얼른 엄방지고('건방지다'의 잘못) 먹음직스러운 접중화(접시꽃)가 눈에 들어온다. 그 밖에 여러 가지 산나물들도 낯이 익다.

고향 사람을 만날 때처럼 반갑다. 원추리(산나물의 종류)며 접중화는 산소의 언저리에 많이 나는 법이겠다. 봄이 되면 할미꽃이 제일 먼저 피는데 이것도 또한 웬일인지 무덤들 옆에서 많이 핀다.

바구니를 가지고 산으로 나물을 뜯으러 가던 그 시절이 얼마나 행복했는지 그 당시에는 느끼지 못했던 일이다. 예쁜이, 섭섭이, 확실이, 넷째는 모두 다 내 나물 동무들이었다.

활나물, 고사리 같은 것은 깊은 산으로 들어가야만 꺾을 수가 있다. 뱀이 무섭다고 하는 나한테 섭섭이는 부지런히 칡순을 꺾어서 내 머리에다 갈아 꽂아주며, 이것을 꽂고 다니면 뱀이 못 달려든다는 것이었다.

산나물을 캐러 가서는 산나물만을 찾는 것은 아니다. 우리는 이 산 저 산으로 뛰어다니며 빼꾹채(국화과에 속하는 여러 해 살이 풀)를 꺾고, 싱아(마디풀과에 속하는 여래 해 살이 풀)를 캐고, 심지어는 칡뿌리도 캐는 것이었다. 칡뿌리를 캐서 그 자리에서 먹는 맛이란 또 대단한 것이다. 그러나 꿩이 푸드덕 날면 깜짝 놀라곤 하는 것이었다.

내가 산나물을 뜯던 그 그리운 고향엔 언제나 가게 될 것인지? 고향을 떠난 지 30년. 나는 늘 내 기억에 남은 고향이 그립고 오늘처럼 이런 산나물을 대하는 날은 고향 냄새가 물큰 내 마음을 찔러 어쩔 수 없이 만들어 놓는다. 산나물이 이렇게 날 양이면 봄은 벌써 제법 무르익었다. 냉이니, 소루쟁이(마디풀과에 속하는 여래 해 살이 풀)니, 달래는 그리고 보면 한물 꺾인 때다.

산나물을 보는 순간 나는 그것을 사고 싶어 나물을 가진 아주머니 앞으로 와락 다가서다가 그만 또 슬며시 뒤로 물러나지 않으면 안 되었다. 생각을 해보니 산나물을 맛있는 고추장에다 참기름을 쳐 무쳐야만, 그래서 거기다 밥을 비벼서 먹어야만 맛이 있는 것인데 내 집에는 고추장이 없다. 그야 아는 친구 집에서 한 보시기쯤 얻어올 수도 있기는 하겠지만 고추장을 얻어서 나물을 무쳐서야 그게 무슨 맛이 나랴. 나는 역시 싱겁게 물러서는 수밖엔 없었다.

진달래도 아직 꺾어보지 못한 채 봄은 완연히 왔는데 내 마음 속 골짜기에는 아직도 얼음이 안 녹았다. 그래서 내 심경은 여태껏 춥고 방 안에서 밖엘 나가고 싶지가 않은 상태에서 모두가 을씨년스럽다.

시골 두메 촌에서 어머니를 따라 달구지를 타고 이삿짐을 실리고 서울로 올라오던 그때부터 나는 이미 에덴동산에서 내쫓긴 것이다. 그리고 칡순을 머리에다 안 꽂고 다닌 탓인가, 뱀은 내게 달려들어 숱한 나쁜 지혜를 넣어주었다.

10여 년 전 같으면 고사포(高射砲)를 들이댔을 미운 사람을 보고도 이제는 곧잘 웃고 흔연스럽게 대해줄 때가 있어, 내가 그 순간을 지내놓고는 아찔해지거니와 풍우난설(風雨亂雪, 고통과 시련)의 세월과 함께 내게도 꽤 때가 앉았다.

심산(深山) 속에서 아무 거리낌 없이, 자연의 품에서 퍼질대로 퍼지다 자랄대로 자란 싱싱하고 향기로운 이 산나물 같은 맛이 사람에게도 있는 법이건만 좀체 순수한 이 산나물 같은 사람을 만나기란 요즈음 세상엔 힘든 일인 것 같다. 산나물 같은 사람은 어디 없을까? 모두가 억세고 꾸부러지고 벌레가 먹고 어떤 자는 가시까지 돋쳐있다. 어디 산나물 같은 사람은 없을까?

- 1953년 3월 25일